EXLIBRIS

变身奇旅

BIANSHENQILV

秋生　著

民族出版社

秋生

华裔加拿大人，自由作家，自幼爱好文学，最喜欢的作家是海明威和乔治·奥威尔。

目　录

第一章

尼尔斯十月中旬的正午即便太阳高挂，跃飞也感觉不到多么温暖。相反，如果他躲在树下只是保持一样的姿势瞄准几分钟，便感到背后凉飕飕的。他的脸颊被毛茸茸的外套立领包裹着，一股暖流涌上心头。今天早上跃飞出门前，竹雅冲出来递给他这件深蓝色丝绒立领的前开胸外套，他接过时，抱了抱她，然后向载满装备的宝蓝色切诺基快步走去。准备开车时，他忽然跳下车，跑到站在家门口的竹雅面前："我上楼看一眼两个小家伙就下来。"竹雅点了点头。两分钟后，他下楼，拍了拍还站在门口的妻子的右肩说："等我回家吃饭，太阳落山前就回来！"这时刚刚凌晨五点。

九点，跃飞到了尼尔斯北部那片广袤的原始森林。十一点前，他已经换了好几个地方，为的是寻找猎物，可奇怪的是今天还没出现一只加拿大雁。跃飞心里纳闷，今天是怎么啦？百无聊赖之际，他从身边的背包里取出妻子昨晚做好的一盒牛肉干，拿一大块塞进嘴里咀嚼起来，这让他感觉到这片林子里还有一点动静。太静了，连一丝微风也没有。跃飞知道，对于猎人这可不是什么好事，狡猾的猎物会通过嗅觉和灵敏的听觉判断出方圆几里内是否安全。就在跃飞胡思乱想之际，一阵树叶沙沙作响的清脆声音传来，紧接着又是一阵，然后森林又恢复了宁静。多年的经验让跃飞迅速判断出这是两只体型较大的鸟先后落地的声音，他马上停止了咀嚼，屏住呼吸，竖起耳朵四处张望，什么也看不见，只能断断续续听到树叶被重物踩压发出的咯吱咯吱的声响。“应该就在不远处。”跃飞这么想着的同时端起了韦瑟比猎枪，肩膀斜靠在大树上。大约二十分钟后，跃飞终于听到一阵缓慢移动中树叶被搅动的沙沙声，很快他看到左前方大约一百米远的地方，先后进入视线的两只大雁。跃飞一阵狂喜！

尽管打猎多年，但今天对跃飞来说毕竟是个大日子，他有一个打猎日志本，上面细致地记录了打猎时收获的各种各样的猎物，他已经猎到了九十九只加拿大雁，为此今天早上出门前，他还特意到书房翻开放在书架最上排角落的那个本子——最新的一页上赫然写着大大的阿拉伯数字：99。

跃飞透过瞄准镜稳稳地跟随着走在前面的那只个头稍大的家伙，角度并不好，他想等到这两只大雁走到前边的空旷地带再开枪。他的心跳得厉害，好像自己胸腔里的声音会被这两只警惕的大雁发现似的。跃飞莫名其妙地担心起来，放在扳机上的食指开始颤抖，尽管瞄准镜里的黑色十字牢牢地锁定在前面大雁的心脏。“近点，再近点！”他心里念着。呼！几乎枪声响起的同时，一声尖厉的惨叫声刺破了森林的宁静，身后那只大雁应声急速挥动翅膀，大约四十五度斜刺里飞了出去，几乎同时林子里哗啦啦的声音响成一片，叫不上名字的各种各样的鸟从树梢冒出来，蓝得像一整块水洗布的单调天空被它们点缀得瞬间有了活力。跃飞脸上露出得意的笑容，右手拎着猎枪快步向着一动不动的猎物走去。“好大的家伙啊！”跃飞不禁叫出声来，他的脚边草丛被飞溅的鲜血染成了斑斑点点的红色，这只大雁蜷成一团躺在血泊里，长长的黑色油亮的脖子甩在一边，眼睛睁着，双脚蜷曲在腹下仍然不易察觉地颤动着。跃飞把猎枪斜靠在身旁的大树上，就在他低头，双手交叉在胸前欣赏眼前这幅画时，听到头顶传来大雁的叫声，跃飞抬头望去，一只大雁高高地盘旋在天空，逆时针方向飞出一个圆的轨迹，一边盘旋一边发出哀嚎声，那声音短促而尖锐，一声未落一声又起。跃飞似乎想起了什么，略带犹豫地蹲下来，身体前倾伸出右手去抓大雁的翅膀，就在他的手指碰到大雁背部的羽毛时，一股强大的如电流似的感觉从指间迅速导向全身，跃飞感到整个身体瞬间僵硬动弹不得，灼烧和撕裂感在他的身体里横冲直撞，仿佛有一种巨大的引力吸噬着他身体的每一个部位，先是眼睛和鼻子，然后迅速传递到嘴巴、牙齿，还有耳朵，他的五脏六腑也在同一时间被挤压和搅动，身体像一片树叶被无情地撕裂成碎片，瞬间失去了一切知觉。

深秋的一场暴雨一下子把尼尔斯带到冬天的边缘，这是一场有点不同寻常的雨，对于尼尔斯这座加拿大中部阳光最充沛的城市，一场雨通常不过一两个小时，尼尔斯人早已习惯了阵雨和雨过天晴的节奏。可这场雨却从早上一直持续到夜幕降下，没有丝毫减弱的迹象。森林里的宁静早已被瓢泼的大雨冲刷得无影无踪，原本就一直零零散散落下的成熟秋叶，在雨水强力的冲击下也变得失去了优雅节奏，雨水带着落叶冲刺一般争先恐后地落下来。地面上早已变成坑洼不平的沼泽，有些地势较低的地方已经变成数条流动的小河。跃飞缓缓地睁开双眼，仿佛他已经睡了一个世纪，他试着站起来，却感到剧烈的疼痛，只好停下来，然后深呼了一口气，但他还是没有能够站起来。低头喘气的时候，他忽然惊叫起来，“啊”！然后晕了过去。那一瞬间，他的身体像一堆才聚拢起来的骨头又一下子散落满地。这声长长的绝望尖叫撕裂了湿漉漉的夜空，阴森又夹杂着几分凄惨回荡在森林上空。

跃飞再次醒过来时夜色已浓，但仍然能看到近处的东西。他像失了魂魄的野鬼一样艰难地用仅有的两只脚摇摇晃晃地站起来。他不敢低头看自己的双脚，不敢看自己的身体，摇晃着走了几步就靠在一棵大树上喘气。他感到自己碰到了什么别的尖锐的东西，他用手去触摸，才意识到自己已经没有手了！跃飞眼前一片黑晕晃动，让他差点摔倒。转身时，看到近在眼前的是自己心爱的韦瑟比猎枪斜靠在树上，此时它是那么高，需要仰视才能看到枪托部分。跃飞像只泄了气的皮球瘫倒在一片满是积水的草地上，低头看到自己湿漉漉灰白羽毛的前胸，又看到草地上有一双褐黑色的鸭掌一样的脚！尽管他的内心仍然抵触眼前看到的一切，但他的头脑却在痛苦的清醒中挣扎。“到底发生了什么？发生了什么？发生了什么？”他那尖尖的湿漉漉的嘴巴哆嗦着，一遍又一遍地喃喃自语。

的确，跃飞需要多一些时间回忆，多一点时间搞清楚到底发生了什么。

自从前天晚上跃飞没有回家，竹雅已经两天两夜没有合眼了，她不知打了多少遍跃飞的手机，直到手机关机为止。由于焦虑和失眠，竹雅看上去有些神情恍惚，她的双眼充满了血丝，扎起的马尾辫松散得随时都会散落开来，两个孩子不时地跑到她身边稚气地问爸爸为什么还不回家，这让竹雅更感到心烦意乱。她极力压制着自己的情绪一遍又一遍地对孩子们说：爸爸很快就回来了，快回来了……

其实，竹雅昨天下午三点多就报案了。大约一个小时后，两个一高一矮的警察到了家里，问了一大堆问题：他什么时候离开的？经常去什么地方打猎？通常多晚回家？开什么车？带了些什么东西出门的？等等。临走时给了竹雅一张卡片并嘱咐她，如果有任何新的情况或者跃飞回家了，立即联络卡片上的电话。两个警察离开后，竹雅一个人呆呆地坐在客厅里，她的身体在微微发抖，两只交叉在一起的手时而张开时而握得紧紧的，头脑里像放电影一样想象着可能发生的各种场景，有些结果显然是她根本不敢去想的。“跃飞在哪儿？到底发生了什么？”她的脑子里一遍又一遍浮现的只有这两个问题。

雨还在下。深秋的夜里再加上一场冰雨让气温骤降到接近零度。躲在树下的跃飞哆嗦着缩成一团，他听到有一个声音咕咕咕地响，四处张望什么也没有看到，很快意识到那是他的肚子发出的声音。他太专注沉浸在回忆和思考里，以至于完全忘记了饥饿。尽管他对这短短两天里发生的事情感到绝望，根本无法理解，但冰冷的雨水和固有的冷静还是把他拉回到现实里。“怎么办？”“我应该怎么办？”当他这样想的时候，头脑里浮现出的都是妻子和两个孩子的影子。跃飞看到竹雅搂着两个孩子站在二楼主卧的窗前焦急地张望，她的脸上都是泪水，红肿的眼睛使眼袋看上去清晰可见，她的喉管上下不规律地起伏着，头发凌乱地披在肩上。雨嘉和雨涵的两颗小脑袋靠在竹雅腰部的两侧。“我要回家！现在就要回家！”跃飞想到这儿像只野兽一样嚎叫起来，他吃力地站起来往前走，走了两步就再次跌倒在水洼里。他摇晃着笨重的身体又站了起来，还没有迈出一步就仰面朝天地倒了下去，溅起的雨水像波浪一样从身体两侧向外涌出。跃飞转过身忽然用翅膀拍打着水面溅起无数水花，尖长的嘴巴发疯似地不停插到水里又拔出来，像母亲捣蒜时手里的石头锤子般执著而有力，两只脚四处乱蹬又仿佛一个没有得到玩具撒野的孩子，直到筋疲力尽。

第二章

醒来时，几缕清晨的阳光穿过树梢落在跃飞的脸上。他晃动身体想要抖落一身的水珠，两片翅膀被剧烈的晃动甩出来一半，他忽然意识到什么事情：“我能飞！我可以飞回家！”跃飞顾不上疼痛，笨拙地再次左右晃动身体，使出全身的力气展开翅膀。就这样一次次地尝试，直到累得趴在地上。

经过九十九次尝试，他终于完整地展开了翅膀，练习着挥动翅膀的同时踮起脚尖向前移动，扇动起来的大翅膀带起了地面的积水，这让他难以保持平衡，那一刻跃飞活像一只戏水的幼鸭。就这么倔强地跌倒在水里，站起来，又跌倒，又站起来。到了西沉的太阳把天边染成长长的一束火烧云的时候，跃飞已经能在周围低飞了。当他吃力地绕着树和树之间飞行时，偶尔能看到翅膀挥动时落下来雨点般大小的鲜血滴，这是无数次练习，翅膀拍打水面碰触地面磨破的伤口。一边飞他一边想，“我可以试着再飞高一些，最好飞到树梢上面去，只要保持现在的动作，我应该是不会摔下来的。再说要是我可以飞得足够高，气流也会让我轻松很多。”跃飞深吸一口气，昂起头，把长脖子向上探，努力使身体上扬向着天空的方向，用尽全身的力气挥动双翅。只见他像一架正在从地面爬升的满载货物的运输机，笨拙而吃力地向着斜前方上升。他的心跳到了嗓子眼，风就在耳边呼啸，凭直觉他知道自己已经飞出了树梢，但是不敢睁眼担心会呕吐，然后一头栽下去。

跃飞有轻度的恐高症。有一次他参加一个地产开发供应商举办的酒会，在六楼的酒会现场，开发商老板带着他，参观了室内设计，然后走到阳台，介绍与众不同的顶楼户外阳台设计时，跃飞留意到自己正走在透明的钢化玻璃地板上，他顿时两脚发软，没来得及捂住嘴巴就吐了一地。

在经历了飞行的前二十分钟后，跃飞心里的恐惧感消失了，他有点忐忑地睁开眼睛，眼前的壮观景象把他惊呆了：深蓝望不到边的天空包裹着他的身体，无论他向哪个方向飞，这让跃飞有一种身在摇篮里的奇特幻觉。天空流动着形态各异的云，仿佛伸手就能摸到，有的云彩就在他头顶，西边红金一样的落日在铺满整个地平线的晚霞映衬下像一个伟大的演员正在谢幕，它不再如正午的太阳那般炽烈而灼伤眼球，此刻的它拥有无限慈爱，像母亲的眼，本能的冲动如开闸的洪流一样引领着跃飞向着太阳飞去，呜呜的风声在耳边唱歌，潮湿饱含水分的空气让张着嘴的跃飞尝到了甘甜的味道。“天空原来是这么自由！”他自言自语。眨了眨有点润湿的双眼，他忍不住向着斜下方望去：森林就在他的脚下。真真切切就在他的脚下！从前神秘莫测有时让他害怕的森林现在完整得像一幅画呈现在他的眼前。跃飞不敢相信眼前的一切都是真实的，他抬起右爪猛戳自己柔软的腹部。“没错！这是真实的！”他低语着。有那么一刻他只是躺在风里就像从前躺在自家后院的躺椅上，任风带着他翱翔在蓝天白云和红日晚霞之间。当他看到环绕在森林里的高速公路上时隐时现的一辆汽车时，他甩了甩脑袋，有些懊恼自己竟然忘记了最重要的事情——回家。想到回家，他从里到外充满了力量。

跃飞从未感到过回家的路这么漫长。三个小时后，夜幕已经降下，借着地面的路灯，跃飞终于看到了熟悉的街道。他下降高度，顺着平时下班回家的路，距离地面大约十米的高度飞行。家就在前面，每向前飞一米他的心跳就加快一拍。跃飞反复想着见到竹雅时说些什么，尤其是站在她面前的那一刻。不过，无论如何必须做的一件事就是：先得让她知道发生了什么，然后再想办法。他脑子里反反复复想的都是这些。一转念，又想到妻子每天失魂落魄煎熬地带着两个孩子度日，跃飞心里生出了无数把匕首扎向流血的心口。他极力克制着自己的情绪，飞到了前院，绕着一楼前院和后院的窗户飞了一圈，室内一片黑暗什么也看不清。于是他飞到二楼绕了一圈，只有他和妻子的卧室还亮着灯。借着室内昏暗的灯光，跃飞看到妻子一个人低头坐在床沿，看不见她的眼睛，耳朵两侧的头发垂落下来遮住了半张脸，她双手紧扣着，胳膊低垂放在膝盖上。一股热流冲上跃飞的脑袋，他用翅膀猛力地拍打窗户，尖而细长的嘴同时敲击着玻璃。竹雅缓慢抬起头望向窗户，几秒钟之后她又低下了头。跃飞急得大喊，不停地用头撞击玻璃，过了一阵儿竹雅站起来走到窗前，看到一只大雁正在歇斯底里地拍打窗户，她感到惊讶又害怕。漆黑的夜里，一只疯狂的大雁在灯光的反射下看上去像是黑色画布上一个面目狰狞的怪物，她立刻拉上了窗帘，快步离开卧室，关上门，走进侧边雨嘉的房间。跃飞喘着粗气，绝望地摔跌在窗户下方的瓦片上。他气急败坏地责怪妻子为什么不打开窗户，憎恨这结实而冰冷的窗户，他甚至诅咒这个漆黑的夜晚。

不知过了多久，他感到又冷又饿，夜已经深了。自从离开森林他就什么东西都没有吃过，一心只想着回家。他从二楼落到后院的草坪上，在栅栏右边角落的松树下狼吞虎咽地吃起草来。想到每年的这个时候他都会给草坪喷洒驱虫剂，到了夏天他们家的猫会在后院的草坪上撒尿，想到这儿跃飞感到胃里有什么东西在搅动，恶心又想吐。他停了一下，但实在是太饿了，又埋下头在草地里吃起来。当他吃饱了，感到舒服很多，也不再那么冷了。他走到松树下，把整个身体蜷缩起来靠在粗糙的树皮上。这时跃飞恢复了理智，想想几个小时前疯狂的举动，一定吓坏了妻子，“还好孩子当时不在妻子身边，再说又是深夜，换成是我也会有几分紧张的。”越是这么想，他心里越懊悔，责怪自己的不冷静。于是，他开始盘算明天早上的计划，想着想着睡着了。梦里，在后院的这片草坪上，他正扮成张牙舞爪的“老鹰”，两只小鸡——雨嘉和弟弟躲在“母鸡”妻子的身后。这是夏天一家人经常玩的游戏。

跃飞是被后院经过的垃圾处理车吵醒的。他看了看东边刚刚升起的太阳，走到后院的中央，伸长了脖子向厨房的小窗户张望，看到竹雅站在厨房前低着头做着什么，他知道妻子正在准备早餐。没看到两个孩子，他猜可能他们还在楼上睡觉。这一次他小心翼翼地只是站在原地大声地喊，“竹雅，我是跃飞！”大约一分钟后竹雅似乎注意到了他，抬起头望向窗外。他立即扇动着翅膀，缓慢而平稳地飞到窗前：“竹雅，是我，我是跃飞呀！快打开窗！”竹雅脸上露出疑惑的表情，她放下手里的菜刀，看着眼前的这只大雁。跃飞有些着急，心想隔着窗户妻子没听见，于是他肆无忌惮地大喊起来。竹雅怔了一下，好像想起了什么事，伸手推开了厨房的窗户。跃飞顺势落在窗框上，惊喜地看着近在眼前的妻子：“别害怕，亲爱的。我——是——跃——飞！”他故意拖长了音节，张大了嘴巴一字一句地说。但跃飞没有从妻子的脸上看到一丝惊喜，昨晚设想中的很多见面的场景都没有出现。他开始慌张了，又完整地重复了一遍，眼前的竹雅的眼神更加让他迷惑。“这是怎么回事？”跃飞的脑袋嗡嗡作响，像摇摇欲坠的房子。这时他看到两个孩子走进厨房。

“雨嘉，雨涵，我是爸爸！我是爸爸！”他大声地叫。

两个孩子看到了他，雨嘉走到竹雅面前问：“妈妈，这只大雁在做什么？它为什么站在窗户上大叫呀？”

“我不知道，宝贝。”竹雅摇摇头。

“可能它饿了吧？我们可以给它点面包吗，妈妈？”雨涵插话。

“可能是，妈妈切点面包，然后咱们去后院喂它。”

听到妻子和两个孩子的对话，他立刻意识到自己根本不能和家人交流，只是发出大雁的叫声。他一下子感到心里有什么东西被掏走了，妻子和两个孩子在眼前模糊起来，左右旋转，然后又加速上下旋转，直到眼前一片乌黑，一个趔趄向前栽下去。就在失去意识的一瞬间，他看见了那只几天前被他击中，躺在血泊里的大雁。

当跃飞醒来时，发现自己躺在后院的草坪上，阳光落在整个后院。“妈妈！妈妈！你快来看，它醒了！”雨嘉喊道。竹雅端着两个深桃木色的木碗走过来。一个盛满了面包屑，一个碗里是水。竹雅把两个碗放到跃飞面前，跃飞抬头看着面前的妻子，却悲哀地感到隔着一个世界那么远。竹雅蹲下来，把装有面包屑的碗挪到跃飞的脚边。心如死灰的跃飞怔怔地盯着面包屑，一动不动地站在原地。两个孩子这时已经走到跃飞面前，

“妈妈，它为什么不吃呀？”雨涵问。

“可能它还不饿吧？”竹雅回答道。

“它是不是刚才吓坏了？”雨嘉说，没过一秒，她惊叫，“妈妈你快看！它的右脚在流血！”

“是啊，可能是刚才从窗户上摔下来弄伤的。我到家里取些酒精和纱布，你们两个不要碰它，记住了？”

“为什么？”雨涵不解地问。

“它是野生动物，不是你的玩具。你摸它的话，它可能攻击你，或者被你吓跑。明白了吗？”

“喔，知道了！妈妈。”雨涵很干脆地回答的同时，俏皮地向雨嘉眨了一下左眼。

看到雨涵郑重其事地向自己点了点头，竹雅站起来径直向厨房的后门走去。

“吃点东西吧，你这个可怜的家伙。”雨嘉蹲着，

指指碗里的面包屑。

“吃吧，你不吃会饿死的。”雨涵刚说完，雨嘉就瞪了他一眼说：“你就不能说点别的吗？雨涵。一两天不吃东西是不会死的，我倒是好担心它的脚。你瞧，还在流血呢！”

两个孩子的对话让跃飞感觉好受了一些。他控制着自己的情绪，眼神里充满绝望，却分明夹杂着一丝侥幸望着眼前的女儿，心有不甘地做最后的尝试。

“我是爸爸，雨嘉。我——是——爸——爸。”他倒豆子一样一个字一个字地往外吐。

“瞧！雨涵，它好像在和我说话呢！”雨嘉兴奋地看着跃飞，边说边从碗里抓了一把面包屑，摊开手掌，送到跃飞的嘴边。跃飞瞬间感到胸口又被一种坚硬的东西严严实实地堵上了，他茫然地站在草坪上，快碰到雨嘉手掌的长嘴巴抖动着定格在冰冷的空气里，头脑一片汪洋。

“他看上去好像一点都不饿的样子”，站在雨嘉身边的雨涵挠着头说，话音未落，他就丢了一大把面包屑到跃飞面前。

很快，竹雅带着酒精和白纱布回来了。跃飞躺在草地上，任由妻子给他擦拭右脚上的伤口，然后裹上一层厚厚的纱布。看着眼前最亲近的人围着自己转来转去，就在一周前，一家人还在这块草坪上嬉戏呢！而此刻，妻子和两个孩子说出的每一个字都变成了射出来的一只一只利箭，每一只都刺向他的胸膛。他觉得自己整个人正在被一点一点地榨干，三个人在眼前被泪水冲刷得模糊起来。

“妈妈，你快看，它怎么流泪了？”雨嘉指着跃飞。

“是啊，它是怎么了？难道是生病啦？”竹雅说。这时她听到家里的电话铃声，“宝贝们，它现在没事了，咱们先进屋去。”竹雅带着两个依依不舍的孩子进了家。跃飞听到“呯”的关门声，心里一颤，目光呆滞地望着厨房后门，然后瘫倒在两个木碗旁。

深秋尼尔斯的午夜，气温已经接近零度。前两天的那场下了一天一夜的大雨仿佛预示着这个冬天会比往年来得早。今夜的冻霜让跃飞冷得醒来好几次，他尽量让胸口下方羽毛最厚的地方着地，把光秃秃的双脚藏在两侧的羽毛里，他把长脖子缩起来贴在胸前的羽毛里，就这样昏昏沉沉地睡到了黎明。

做了一夜千奇百怪的梦，让醒来的跃飞发呆了好一阵儿。他梦游一样走到前院的草坪上，目光盯着前面不到十米远的车库。他也不知道自己为什么要到这里来，好像有一只无形的手把他拎到这儿的。呆站了两个多小时，车库的门发出沉闷的声音，缓慢地向上打开。两个孩子手里拎着书包先后从家里走到车库，钻进了停在那儿的白色雪弗莱轿车，竹雅紧接着从家里出来，钻进了驾驶室，她得先送孩子们去学校，然后去上班。跃飞呆愣地看着车子消失在街角。对于他来说，这只是从前每天早晨的一个再普通不过的画面，如今却深深地刺痛着他。跃飞呆滞地望着宁静的街区，有一辆深蓝色福特卡车从巷子里缓慢地驶出来，停稳在路边竖着的停车牌前，然后左转消失在视野里。过了一会儿他看到左手边邻居家的车库缓缓打开，平时总和他打招呼的和蔼的吉姆从车库走出来，他穿着一件深红色厚夹克，一条浅蓝牛仔裤，看上去很精神。他稳稳地站在车库前仰起头，双手扶着腰，身体有些后倾，就这么站了一分钟的样子，然后转身走进车库，钻进他最近刚买的白色高尔夫敞篷车，“看样子，吉姆想在冬天之前再享受几天他的新车。”跃飞心想，高尔夫敞篷车缓慢地从车库倒出，驶出水泥铺成的车道，很快右转消失在视线里。跃飞一动不动地又站了好一阵儿，太阳已经升起来了，光影落在前院的两片草坪上越变越大，也斜斜地照在他的脸上。

印象里，跃飞从来没有像今天这样悠闲过。他从来没有花这么长时间站在自家前院，认识邻居吉姆这么多年，也从来没留意过他穿什么衣服，仿佛那些年都是在匆忙和赶路中度过。恍惚中，他听到空中一串一串熟悉的叫声，抬头望去，是人字形整齐排列开来的两排大雁正飞过他的头顶，紧接着又是一排大约二十只的大雁掠过，很快，跃飞看到天边密密麻麻的大雁向着同一个方向飞来，咯咯咯的叫声从四面八方传来，此起彼伏，很是壮观，这是大规模动身南飞的雁群。“看上去冬天就要来了。”跃飞自言自语。

接下来的几天，每天都是晴空万里。到了中午一轮白日挂在天空，偶尔一阵微风吹过，邻居家那棵苹果树的落叶顺着风势缓缓地飘落在跃飞的身边，树上已经没有多少树叶了，他脚下的草地大片大片地泛起微黄。跃飞哪儿也没去，除了每天早上到前院看着妻子带孩子们上学之外，绝大部分时间他都待在后院等着妻子下午接孩子们回家。

自从第一天在后院留下两个木碗后，竹雅每天下午都会端出来一大碗切得整齐的青菜，还有一碗水，有时候，她会送来切成小段的海藻。每天早上，妻子和孩子们在车库前都会和他打招呼。当妻子把车子倒出车库转上马路时，雨嘉和雨涵总是迫不及待摇下车窗，边喊“bye”，边探出两只小手向他挥舞示意。每天放学，两个孩子只要一进家门，就吵着竹雅要到后院玩耍，说要给在后院的大雁喂食。每当跃飞听到两个孩子咯咯的笑声，还有脸上偶尔露出微笑的妻子，他就忘掉了一切。有时，跃飞会在她们面前，边走边嘎嘎地叫。有时，他会环绕着后院的草坪低空飞行。为了逗妻子开心，跃飞有时会落到她的肩膀上，把自己的脑袋搭在她的头顶。有时，他也会故意吃孩子们丢到他面前的面包块，虽然如今他的胃口根本不接受这样的食物。等到两个孩子进家了，他独自躲在角落里的大松树后面吐出来。

通常到了太阳落山，气温下降时，竹雅招呼着两个不愿离开的孩子进家。跃飞就直直地站在她们身后，看着三个人走进厨房的小门，然后是一声厚重的关门声。每次他都能看到两个孩子把脸贴在玻璃上，给他做鬼脸的样子。跃飞就这么一直站在那儿，等到厨房的灯熄灭了。一会儿，一楼所有的灯熄灭了，几个小时后，二楼三个卧室的灯也先后熄灭了。当全部的灯光熄灭后，后院草地上投射下的光影也消失了，房子在跃飞面前就像一个沉睡而冰冷的巨人，他，孤零零的，正在被黑暗一点一点吞没。

今夜他感到格外寒冷。夜里醒来时，发现地上白成一片，草地盖上了薄薄的一层雪，房顶也都白了。他抖了抖身上的雪，把脖子缩得更紧了，又闭上双眼，他不想醒来，因为刚才的梦里，他正骑着自行车假装费劲地追逐骑在前面的妻子和两个孩子。

天还没亮，跃飞就到了前院，他走到车库前，用翅膀把积雪分别推向两边的草坪。跃飞足足用了两个小时才把车库前大约十平方米的积雪清理到草坪旁，他喘着粗气看着自己的劳动成果，内心第一次感到有一抹喜悦像白色炊烟一样升腾起来。“以前不要一刻钟就能做完的活。”跃飞自嘲地想。等到车库门缓缓上升，竹雅从车库里走出来，惊讶地发现红砖铺成的车道上面没有一点积雪的痕迹，雪竟然被推到草坪两旁！她双手捂住了嘴巴，然后猛地转身把目光投向左侧不远处的跃飞。多么熟悉的情景啊！丈夫每年冬天都是这样把车库前的雪铲到草坪两旁，铲完后，再用扫帚清扫一遍。两个孩子先后跑到竹雅身边，拉她的手边蹦边叫：

“妈妈，下雪啦！下雪啦！爸爸快回来啦！”雨涵喊着。

这一拉一喊把竹雅带回到了现实，“快到车子里，咱们快迟到了！”她回过神来对两个孩子说。

“妈妈，快到圣诞节了，爸爸怎么还不回来呀？”雨嘉看着竹雅。

“爸爸就快回来了。”竹雅哽咽着说，她蹲下来抚摸着雨嘉的头发，然后把头扭向一边。

跃飞听得清楚，脑袋一下子膨胀起来，千百万个声音同时在耳边响起。他踉跄地向前迈了几步，想要追上去告诉妻子和两个孩子，“我就在这里！我就是你失踪了的丈夫和孩子们的爸爸！”还没走几步，车子已经倒出车库，一眨眼就过了路边的停车牌，左转，消失在他的视线里。

站了好一阵儿，跃飞感到脚下发冷，原来自己一直在发抖。他向后院角落的大松树走去，那里有他铺满干树叶用来睡觉的小坑，可以暖一暖双脚。刚穿过前院的栅栏小木门，他感到身后有一股气流向自己涌来，他转过身，原来是三只正在落地的大雁。

“嘿，伙计！你怎么自己在这里？”一只体型较大站在中间的大雁发问道。

跃飞看了他一眼，没有说话，径直往前走。

“快和我们一起走吧，后天这里会有暴风雪！”站在左边，黑色长嘴巴上长着一颗朱红痣的大雁提高了嗓门。

跃飞头也不回地继续往前走。

“他是不是个聋子？”个头最矮的大雁有点不耐烦地说。

“你说谁是聋子？”跃飞停下来转过身子冷冷地回答。

“我不这么说，你会停下来吗？”矮雁反讥道。

“兄弟，别上火，我的朋友没有恶意，他只是想帮你。对了，你怎么自己在这儿？”大块头明显客气得多。

“我，我喜欢待在这里。”跃飞不知道怎样回答这个问题。

“你好像有什么不想说的原因。没关系啦，伙计。但你要知道，后天这里有暴风雪，气温会下降到零下三十五度左右，再不走就来不及啦！”大块头看着跃飞。

一阵沉默。

“谢谢你们，不用管我，你们快走吧。”跃飞回复道。

“好吧。”大块头叹了一口气，“但你要记住哟，明天一定要离开。我从来没有见过谁可以在这样的暴风雪过后生存下来的。当然，除了人类。”大块头笑了笑，接着说，“你只管一路向南飞，不要停。咱们在墨西哥见！记住，暴风雪是后天！”说完，三只大雁飞走了。

跃飞走到松树下，脑子里乱得像一团麻。“怎么办？”这个问题一直纠缠着他挥之不去，直到两个孩子下午来到后院。心里虽乱，但他还是装作若无其事的样子，在孩子面前夸张地吃面包，时而绕着院子表演飞行特技。看着两个小家伙笑得前仰后合，那个纠缠了他一天的问题似乎也有了答案，“我要留下来！”他心里打定了主意。

尼尔斯的暴风雪是这个地球上最恐怖的自然现象之一。每当天气预报预测有暴风雪时，这个城市就像进入了警戒状态一样：新闻会二十四小时不间断地播放；学校会提前一周发停课通知单；超市会涌现一波比每年圣诞期间还要忙碌的购物潮；平时繁华的城市和忙碌的街道在暴风雪那几天，突然像被施了魔法一样变成一座空城，仿佛全城的人都钻到地道里去了；

城市的铲雪车队全部严阵以待；人们开始变得焦虑不安，因为每个人都知道，每次暴风雪过后，新闻上总能听到有多少市民失踪，有多少人无家可归，总之，暴风雪会在那几天夺走这个城市的一切。跃飞经历过好几次那样的暴风雪，但他此时显然忘记了，那些年他是这座城市里人类的一员。

第二天的大部分时间跃飞都是用来筑巢。他用又尖又硬的嘴巴向紧挨着松树的后侧挖坑，这里是最好的躲避位置：在他身后大约一米远的地方，是去年才安装的新栅栏，而这里恰好又是一个最稳固和结实的九十度加固了的栅栏角落，跃飞的“新家”就在大松树和栅栏角落之间的狭小空间里。一天下来，他满意地看着自己的劳动成果，很快又想到了什么事，“我还得准备尽可能多的食物，要是被大雪埋在坑里，至少可以坚持到暴风雪过后。”跃飞自言自语。于是，他把大量新鲜的草衔到深坑的底部，又在上面铺干草。这样新鲜草保鲜的时间可以更长，而上面的干草可以使他的身体保暖。他站在一旁，欣赏着自己的杰作。头顶时而飞过的掉队大雁发出警告的叫声，这是每只大雁遇到紧急情况都会做的事，提醒自己的同胞。跃飞抬头看了看天空的大雁，想起昨天遇到的三只大雁。“暴风雪并没有那么可怕，只要做好充分准备，就像我以前做的那样。现在我准备好了一切，安全又坚固的巢穴，还有足够的食物。雁群其实可以留下来的，如果它们愿意的话。可话说回来，这也不能怪它们，它们只是一群动物。”这么想着，跃飞为自己仍然有一颗人类聪明的大脑而得意不已。

第三章

夜里，跃飞躺在舒适的窝里，只有脖子和脑袋露在地面之上。他看着挂在半空的弯月，星星铺满了整个夜空，他想起了小时候和邻居家的孩子躺在自己家院子里数星星的情景，想着想着，他睡着了。

跃飞是被一声清脆的“咔嚓”声惊醒的。他迷迷糊糊地睁开眼，夜色里，眼前大约两米远的地方，他依稀看到有一只大雁躺在地上一动不动。他走到大雁的面前才看清：在它的身边有一根手腕一样粗的树干，树干的一头是断裂留下的长短不一的尖刺。跃飞抬头看了一眼邻居家靠着栅栏的那棵大苹果树，他猜这只大雁是夜色中想要降落、不小心撞到了树干上。他蹲下来查看大雁是否还活着，发现它的腹部上下起伏着。“它活着！”跃飞高兴地说。他用长嘴的侧面轻推大雁的腹部，想让它醒过来，“这真是一个粗心的家伙，这么晚出来干什么。”跃飞心里念叨着。他衔了些雪放在它的脸上，然后轻摇着它的身体。过了一会儿，这只大雁睁开了眼，它尝试扭动身体，却感到疼痛难忍。

“不要动，你摔伤了。”跃飞急忙说道。

“这是怎么回事？”大雁疑惑地问。

“我听到响声，然后看到你就躺在这儿了。”跃飞说。

“真是谢谢你！救了我的命。”

“不是我，应该是这个树干救了你。”跃飞指了指那根树干。

大雁看了一眼树干，又抬头看了看苹果树，马上明白是怎么回事。

“你怎么这么晚出来啊？”跃飞说。

“我太饿了，想在附近找点吃的东西。”大雁有些不好意思地说道。

“夜里低空飞行太危险了。”

大雁没有说话。

跃飞问：“你没有同伴吗？”

几秒的沉默，大雁低沉地说：“我丈夫几周前死了。”

“对不起。”跃飞后悔不该问，“它是？”

"猎人打死了它。"大雁低声抽泣起来。

跃飞感到脑袋被一根木棍重重地敲了一下，半天说不出一句话。脑海里又浮现出几周前被他打死的那只大雁。

"你怎么啦?"大雁注意到跃飞低着头一言不语。

"啊哦，没什么，没什么。"跃飞略显慌忙，"还是让我先看看你伤到哪里了。"

说完，跃飞查看大雁的头部、翅膀和双脚。"你可以翻个身吗?"

"我想我可以。"大雁应声道。

跃飞发现它的左腿正在流血，明显比右腿粗多了。"看上去你的左腿骨折了，我要放一些雪在上面，这样可以马上止血，也有助于消肿，不会痛的，你千万别动啊。"跃飞边说边走开。

"你怎么会知道这些东西?"大雁好奇地问。

"哦，我以前看到人类这么做，就记住了。"

当它们对话的时候，风吹得松树和栅栏那边的苹果树哗哗地响，天空斜斜地飘下了指甲般大小的零零星星的雪片。月亮迅速被滚滚的乌云遮盖，天空一下子暗沉下来。

"看样子暴风雪就要来了。"跃飞抬头看了看天空说。

“是吗？你怎么知道会有暴风雪？”大雁问。

跃飞说：“是昨天离开尼尔斯的几只大雁告诉我的，没有大雁告诉你吗？”

“自从我丈夫死了，我哪儿也没去。”大雁低着头说。

“哦！”跃飞仿佛被针扎了一下。脑袋里开始快速盘算着接下来的事。看上去现在的情况忽然变得复杂起来。眼前的大雁受了伤，原来的计划可能行不通，“怎么办？”跃飞低着头思考着。此时他的头脑里闪过那只大块头临走时说过的话，没有大雁可以在尼尔斯的暴风雪后生存下来。他开始犹豫起来。就在这时，二楼主卧的灯亮了。十多分钟后，雨嘉和雨涵的房间也亮起来。

“你没事吧？”

“我没事。”跃飞一边说，一边嘴脚并用地挖坑，他的心早已飞进了房子里。“再有一个多小时竹雅就要带着孩子们出门了，等到下午又可以见到她们了”，这个念头一下子就从脑海里冒出来。

雪还是稀稀落落地飘，风却越来越大，满地的落叶时而被风卷起，像尘土一样飘在半空，偶尔几片叶子打在跃飞脸上，他打了个哆嗦，边挖边对大雁说：“我去趟前院，一会儿就回来。”

“你挖了好久了，是该休息一下了。”

“对了，还没有问你的名字？”跃飞回头说。

“我也真是的，没有告诉你我的名字，我叫演兰。你呢？”

“跃飞。很高兴认识你，演兰！”

“很高兴认识你！应该说是很幸运认识你才对！要不是你，说不定我都没命啦。”演兰感激地说。

“别这么说，换了谁都会这么做的。”说完，他向前院走去，边走，心里一股负罪感的暗流在涌动。

跃飞像以往一样站在雪地里等着车库门打开。一个多小时后，车库门开了，却没有看到她们三个人走出来。车子慢慢地从车库里倒了出来，跃飞有些失望。他看到雨嘉和雨涵隔着玻璃在后排向他招手做鬼脸，然后车子就开走了。风太大了，路上除了偶尔经过的车子，看不见一个行人。

下午也是一样，妻子和两个孩子都没有到后院。只是晚些时候竹雅匆匆从厨房的后门出来，放下一个装满海藻的方形塑料盒和盛了水的木碗就回去了。

到了傍晚，跃飞挖的坑已经有十几厘米深，大约是旁边自己睡觉那个坑的一半大小。他苦笑了一下，对自己的工作一点也不满意，要是按照正常进度，应该已经完成了，怎奈自己的心思并不在这里。

一整天，跃飞感到从来没有过的矛盾心理，就像一个好端端的人要被生生截断成两半。

当年离开家乡，告别父母和朋友，放下和妻子一同白手起家蒸蒸日上的事业，移民加拿大，他也只是考虑了几个晚上就做出了决定。他的父母不理解，父亲因为这事气得生了一场病，朋友们认为他多半疯了，只有竹雅明白自己的丈夫心里想什么，默默地支持了他。或许对于大多数人来说，这是个困难的决定，但对于跃飞，却不是一个纠结难缠的问题，他是个骨子里不安于现状的家伙。

由于不能动，演兰几乎睡了整整一个下午。她醒来后，跃飞把她移到自己的窝里。自己接着挖那个进行了一半的坑。演兰不同意，强行要站起来，但跃飞用一种蛮不讲理的方式制止了她，说自己很快就会完工。

天黑得比往常早，他一直忙到深夜，直到房子里的灯光都熄灭了，才停下来。浑身酸痛的他背靠松树，怔怔地望着面前夜色里的房子。

是的，他失眠了一整夜。这一夜，他好像把整个人生都重新梳理了一遍。他想起了童年的玩伴；想起了尘封在记忆里的那些学生时代的快乐和做过的荒唐事儿；想到了第一次和竹雅见面的情景，甚至记得那天她穿了一件暗红色圆领T恤和一件蓝色水洗牛仔裙；想到了雨嘉和雨涵出生的晚上，自己紧张得站在产房门口等待的情景——那是一生中最漫长的等待。不知什么时候他的脑海跳转了画面，那只躺在血泊里奄奄一息的大雁又出现在面前，还有那只盘旋在空中哀鸣的大雁。跃飞顿时感到心跳加快，呼吸也变得急促起来。他挤了挤眼睛，左右甩动脑袋，想要赶走这几乎每天都要折磨他几遍的画面。而刚才如电影镜头一样清晰的温暖记忆早已被这血淋淋的场面撕扯得支离破碎，不见踪影，跃飞痛苦地把头埋到了胸前。

风吹得更紧，时而长长地发出一种近乎歇斯底里的吼叫声，风太猛烈了，好几次跃飞不得不把头和脖子埋在胸前。由于急剧下降的气温，他这两天挖出来的新鲜湿土早已冻结。雪开始密集地飘下来，跃飞看了一眼旁边睡得正熟的演兰，仰起头望向天空：漫天的雪花飞舞，偶尔风势小的时候，雪片像急着回家的孩子们一样，不在天空中做任何逗留，而是垂直密集地下坠，直直地落在跃飞的脸上、树上、房顶、地上。“多壮观啊！”跃飞情不自禁地说。他就这样一动不动地像雕像一样仰着头。很快，脸上蒙了一层雪。一会儿，风把雪吹得无影无踪，一会儿又盖上了一层。他身上的白雪和白色的大地融为一体。“来吧！你来得更猛烈吧！”跃飞忽然睁大眼睛，目光里露出狼一样寒气逼人的锐利，他的这声嘶吼惊醒了演兰。

“你怎么啦？跃飞。”演兰惊恐地看着他。

“天一亮，咱们马上动身飞往美国南部！我昨天检查过了，你的翅膀没有受伤，可以飞。只要我帮你站起来就行，到时你忍着点痛。”跃飞一字一句地说。

“我不走。”演兰没等跃飞话音落下说道，“等天亮了，我就飞回自己的地方！”

“别误会，我不是赶你离开这里。我是说，留在这里，我们没有办法熬过暴风雪。”跃飞解释道。

“就是死，我也死在这里！”

“为什么？”跃飞看着她。

“我丈夫死在这个城市，如果我可以选择死亡之地的话，我只想是这里。”演兰说这话显得很平静。

她的话深深地刺痛了跃飞。他何尝不是这样想的呢！自从上周飞回家，发现自己和家人面对面站着，却天各一方，他的心一直在流血。

演兰看到跃飞低着头不说话，问道："你好像有什么心事？"

"哦，没事，我没事。"跃飞缓过神来说道，"我理解你的心情。可你想过没有：如果你丈夫在天上看着你的话，他会痛心你就这么白白死去的。"

演兰张开的嘴巴停顿了一下，又合上了。

"另外，你还有没有亲人？"跃飞问。

演兰缓缓地抬起头看着他。

"看你的样子，是有亲人的吧？"

演兰点了点头，然后是一阵沉默。

跃飞走到她面前，问道："你的脚感觉好点了吗？"

演兰试着轻轻挪动一下她的左脚说："比昨天好一些。"

"太好了。你再休息一会儿，天亮了我会叫醒你，咱们就出发好吗？"

演兰不置可否。很快她又疲惫地睡着了。

跃飞一个人静静地走向前院，绕着前院走了一圈，然后站在车库前大约十米靠近马路的位置，看看大雪纷飞中的家，他从来没有这么认真地端详过这座房子。跃飞不知道自己站了多久，当他无意间低头的时候，发现自己的双脚已经被埋在雪里了，这时，他张开翅膀，站在原地，缓缓地有节奏地扇动起来，他的身体轻盈地上升到房顶的高度，然后顺时针绕着房子飞行。他飞到主卧的窗户边，窗帘遮盖了整个窗户。他又飞到女儿雨嘉的窗户边，窗帘没拉，但床是空的。他绕到雨涵的窗边，看到三个人挤在一张小床上。竹雅睡在床外侧，她侧着身，整个右手臂搭在被子上，搂着两个孩子，跃飞看到妻子埋在枕头里的半边脸，睡得很熟，眉宇之间微微皱起一个不深不浅的竖“一”，几缕头发滑到她消瘦的脸上。“你瘦了。”跃飞情不自禁说了出来。这么多年的夫妻，他这才发现自己从来没有这样仔细地端详过她，如今却要以这种方式与自己的爱人告别。想到这儿，他的眼泪掉了下来。

雪越来越大，打落到玻璃上的雪片很快就模糊了跃飞的视线，他一遍又一遍地用翅膀擦拭着窗户，他的视线却还是模糊的，此刻，他也分不清这是雪花还是热滚滚的眼泪。

对于尼尔斯的市民来说，这是冬天的一个普通周六，一个暴风雪的清晨，咆哮的北风和漫天的大雪反而给了人们和无数家庭一种格外的温暖，使他们靠得更紧。但对于跃飞，这是一个刻骨铭心永远也无法忘记的日子，他就要远离自己的家人，踏上一段生死未卜的旅程。他的心脏跳得越来越快，越来越快，跃飞不得已侧身躺下来，却得不到丝毫的缓解。不仅如此，他感到有什么东西在自己的五脏六腑里一刻不停地撕扯着拉拽着，直到他感到呼吸困难，呕吐不止。

第四章

周六清晨的尼尔斯，人们躲在家里，路上空无一人，整个城市就像睡着了。短短的几个小时里，地上的积雪足足有几十厘米厚。被狂风折断的树干横七竖八地躺在城市的每个街道，一阵大风咆哮过后，它们要么翻滚在路面，要么被风托起，在空中一阵乱舞后，又重重地摔下来，很快又被暴雪覆盖。整个天空被鹅毛大雪包围得严严实实，各种深浅不一的瓦片时而被风卷起，抛在空中，在白色的天空下格外显眼。跃飞和演兰艰难地保持低空飞行状态。这样可以避免高空飞行的强大气流，却也是极其危险的。跃飞让演兰在他身后飞，他自己睁大眼睛保持高度注意力，不仅要紧盯前方的变化，余光也要留意两侧，尽量躲避空中横飞的东西。在这种极端的天气下，他们俩不得不每飞半个小时就落地休息，而每次降落对于演兰来说都是挑战和疼痛，原本正在愈合的伤口由于剧烈和高强度的飞行，被重新撕裂开来。跃飞看到她滴血的左脚，脑海里会不由自主地闪现出那只躺在血泊里奄奄一息的大雁。好几次，他下意识地晃动身体，想要把那幅画面从脑袋里赶走，可他纹丝不动地定格在跃飞的脑海中。他只好强迫自己把所有的注意力集中在视线的前方，嘴里不时地嘀嘀咕咕念叨着什么。

经过断断续续七次休息之后，跃飞明显感到风势小了很多，雪也没有之前那么密集了，“看上去我们离开了暴风雪中心地带。”他一边飞一边这么想着。跃飞看了一眼身后的演兰：那张脸看上去更加痛苦。几分钟后，跃飞隐约看到前方出现了密密麻麻的高楼，很快，迷宫一样交错的街道也出现在他的视线里，跃飞放慢了飞行的速度，转头大声喊：“跟紧我！我要下降高度，咱们就在前面的城市先落脚吧。”演兰无力地点了点头。

一会儿，跃飞看到一片空旷的地带，雪地里坐落着稀稀落落的几栋房子，还有一个顶部高高拱起、四面敞开的凉亭。他开始俯冲式向着凉亭下降，当距离接近五十米时，他停止扇动翅膀，在空中划出一道优美的弧线直到平稳地落在凉亭里。几乎在同一时间，演兰重重地摔在离凉亭一米远的雪地里。跃飞吓了一跳，赶紧上去查看。演兰半边脸埋在雪里，她的左脚压在右脚上，看上去肿得有两只右脚那么粗，雪地上留下一道细长鲜红的血痕。跃飞赶紧检查她的心跳，这才把提到嗓子眼的心放下来，“幸亏雪很厚，要不然她就没命了。”跃飞在心里暗自庆幸。然后他小心翼翼地把脚边的雪一点一点推到演兰的左脚上。

雪还在下，风却停了，跃飞抬头望了望灰蒙蒙的天空，又看了看躺在雪地里的演兰，他无法想像最近一件接一件发生的这些离奇的事情，仿佛这是一个还没有醒来的噩梦。此时他甚至都没有勇气去想念妻子和两个孩子，那就好比一次又一次撕开的血淋淋的伤口。而就在两周前，他的生活和所有的普通人没有什么区别，平淡而幸福。现在，他只想忙个不停，最好一刻也不要停下来。

就在天色渐渐黑下来的时候，演兰醒了过来，眼前的一团模糊的黑影慢慢变得清晰起来，原来跃飞站在她面前。她笑了一下，看到脖子下面的雪地上有一些堆放整齐泛着绿色的青草，她看了一眼跃飞，就狼吞虎咽地低头吃起来。

“好些了吗？”跃飞等她吃完问道。

“现在感觉好多了。”演兰回答。

“你的左脚有没有感觉？能动吗？”跃飞望着她的左脚。

演兰尝试着挪动左腿，盖在上面厚厚的雪微微晃动了一下，零星的雪沫从两侧掉下来，她的脸上随即露出痛苦的表情，“我可以动，就是觉得钻心的痛。”

跃飞脸上却露出了微笑，开玩笑地说，“这是好事！你不会残疾。好好休息一段时间应该就会好起来的。”停顿了一下，他接着说，“我们就先在这里待一段时间，等你的伤好了，再重新上路。”

“不会残疾？你怎么知道？”

“我，我天生有第六感。相信我好了。”跃飞找了个借口，他不想对演兰解释过多的医学常识。

演兰叹了口气说：“都怪我，要不然你已经赶上南飞的雁群了。”

“别这么说，你其实也救了我一命啊！”

“我，我救了你？”演兰还以为自己听错了。

“如果不是遇到你，我说不定就死在暴风雪里啰。”跃飞打趣地说。

“你这是安慰我的话”，演兰笑了笑，“对了，这一路上，一直都没有机会问，你明明知道有暴风雪，为什么不走？还有，你还居然明目张胆地住在人类的院子里！”

跃飞避开演兰的目光说：“我只是……”，话音未落，森林里响起了驼鹿的叫声。

“别出声！就待在这儿，我过去看一下。”跃飞警惕地压低了声音。

演兰点了点头。

跃飞没有立刻飞起来，那样很容易成为猎人的目标，他站在原地屏住呼吸，四处张望。偶尔听到沉闷的撞击声，很快便消失了。他顺着声音传来的右前方走去，边走边观察周围的情况。确信附近没有人，然后挥动翅膀，保持三米高左右低空飞行。很快在树林里，就看到了一个石头砌成的大约三米高、四米宽的石屋。跃飞轻盈地落在离石屋几米远的雪地里，他警惕地环视周围，然后把目光投向眼前的石屋。里面传来纷杂而沉重的脚步声，时而撞击墙壁发出的沉闷的隆隆声，石屋三角形顶上堆积的厚厚的雪一块一块被震落下来。跃飞看到雪地里有一串深深的脚印一直延伸到树林里，走近看，是驼鹿特有的如同两只大蟹足的蹄印，足足有十几厘米。“看上去是一只体格庞大的驯鹿。”他心想。

这样的小石屋，跃飞以前去德国出差的时候见过，听当地人说，政府是为了保护稀少的黑熊而建在森林里的。坚固的石屋就像一个巨大的捕兽器，只是把黑熊困在里面而已，里面有食物和水，护林员通常每两天会检查所有的石屋。听说现在的石屋里放置了探测感应器，只要有动物进入，感应器就会自动启动，把信息立即传输到护林办公室。

就在跃飞查看石屋门时，远处传来一阵急促的脚步声，他赶紧飞到石屋旁边的一棵大树上，脚步声越来越近，跃飞四处张望，他看到有一个穿着黑色外套的人从凉亭相反的方向走来，走到近处，跃飞才看清楚，这是一个年龄大约在六十岁左右的男人，他身材挺拔，步伐矫健，一顶浅灰色的保暖鸭舌帽压住了眉毛和耳朵，淡蓝的双眼明显跳动着一种热情，微微翘起的嘴角看上去像是在微笑，浓密而发白的络腮胡上有一层水汽。他快步走到小石屋门前，看了一眼地上的脚印，然后蹲下来，双手扶着石屋，把右耳贴在上面。几秒钟后，他站起来，兴奋地握紧了右拳，有力地在空中做了个向下敲桌子的姿势，然后匆匆地跑着离开了。

没过多久，跃飞听到一阵比汽车还要响的隆隆声传来，原来那个男人驾驶着一辆体积庞大的雪地摩托车飞速向这边驶来。当他快靠近石屋时，速度变得缓慢，像一个人散步一样。停稳摩托车，他右手里握着一把带着消音器的浅黑色长筒猎枪，然后跳到雪地里。跃飞心里一紧，把全身缩成一团，目光死死地盯着他。络腮胡小心翼翼地绕到石屋的另一侧，他蹲下来把脸贴近石墙大约十几秒的样子，眼神中流露出兴奋的光华，然后举起枪，做出了一个把长枪管伸进石墙的动作，跃飞的心提到嗓子眼，因为是石屋的侧面，他什么也看不见，但显然石墙上有设计好的孔洞。只听见清脆而短促的一声响，络腮胡把枪管抽出来，枪筒朝下立在石墙上。然后，他从上衣口袋里掏出手机，络腮胡声音有点急切地询问对方什么时间能够到达，然后就挂了电话。他转身来到石门的正后方，快速摘下灰旧的棕红色皮手套，跪在雪地上。只见他从上衣的口袋里掏出一把漆黑锃亮的形状奇怪的大钥匙，这钥匙足足有巴掌那么长，他把地上的雪向两边扒开，然后熟练地把钥匙插进隐藏在石墙右下角的一个孔洞里，向左拧了一圈，然后把身体的重量压向石墙。跃飞听到清脆的一声响，络腮胡抓起手套站了起来，后退两步。整个石墙缓缓地向外打开，直到一百八十度才停下来。几乎就在石门刚停下来的瞬间，跃飞听到远处传来轰鸣声，一辆比络腮胡的雪地摩托大得多的黑色“怪兽”冒着白烟高速向这边驶来。一个中等身材长头发的男人从驾驶室里跳下来，走到络腮胡的身边，说了几句话，络腮胡点了点头，那个家伙就又回到高高的驾驶室里了，发动机的声音太大了，跃飞什么也没有听到。络腮胡重新把石门关上，拔出钥匙塞到口袋里。与此同时，“怪兽”缓慢地向着斜上方伸展出一个黑色的长吊臂，在吊臂的最前端垂直吊着一个像笼子一样长方形网状的容器……这东西就像气球一样慢慢地膨胀变大，直到大得和它下方的石屋相似的尺寸才停下来。调整后，铁笼子不偏不倚地悬挂在石屋上方两米高的地方。络腮胡望向驾驶室，边点头边做出手势示意对方不要动。他捡起雪地里的手套，走到铁笼子前，爬上紧挨着石屋的梯子，调整好铁笼子的方向，对准石屋的顶部，然后右手五指张开，对司机做出一个下压的动作，铁笼开始缓慢下降像张大了的鲨鱼嘴吞噬着石屋，直到整个石屋都被完全包裹住，络腮胡用力推了推铁笼，向司机做出一个向上抬的手势。不一会儿，石屋已经稳稳地悬在半空。络腮胡拿着猎枪上了车，两辆车顺着来时的方向很快消失在雪地里。跃飞疑惑不解，短暂地思考后，他决定先飞回去查看一下演兰的情况，然后返回去跟踪络腮胡。

这时，跃飞才留意到雪已经停了，夜幕降临。他飞回到演兰身边，演兰已经睡着了……头和整个脖子深深地埋在胸前，整个身体蜷缩在一起，过多的失血和腿部的伤口让她看上去很虚弱，跃飞不忍心叫醒。

跃飞飞得很高，远远地跟在络腮胡的雪地摩托车后面。大约过了一刻钟的样子，前面的络腮胡把摩托车停在了一个外表看上去像仓库一样的大房子前大约五米远的地方。他下了车，走到电动闸门边，取下右手的手套，有意用身体遮挡右手，然后按下密码，只听到一声机器启动而发出的沉闷又熟悉的声音，然后跃飞看到一扇巨大的遥控门自下而上缓缓升起。当门完全打开，络腮胡转身对“怪兽”指了指自己的雪地摩托，又指向他右侧的一片白色灌木丛，再向“怪兽”做了一个进仓库的手势，然后他跨上雪地摩托，开向房子左侧不远的那片灌木丛。“怪兽”缓慢匀速开进了大门，络腮胡停好摩托车一路小跑也进了大门。没等跃飞缓过神来，门就开始轻盈而快速地落下，跃飞措手不及，赶紧靠近，但门下降的速度太快，还没等他飞到门前，“砰”的一声，大门就关上了。跃飞呆站在门前，刚才还清晰有一点线索的大脑也被这扇门给切断了。强烈的好奇心驱使着他绕着这栋平顶大仓库飞了一圈，一无所获之后，他失望地离开了。

天已漆黑一片，跃飞把身体蜷成一团，卧在演兰身边一米远的雪地里，他能听到演兰均匀的呼吸声，满脑子里都是那个神秘的络腮胡、石屋、“怪兽”，还有那个大仓库。没过多久，他睡着了。

跃飞太困了。自从两周前匪夷所思地变成现在这个样子，他还没有好好睡过一个晚上，现在他沉沉地睡着了，很快就进入了梦乡。梦里他回到了童年，回到了他成长的农村，又看到村子里那些整天游荡在池塘里和草地上的鸭群：它们吃饱了就懒洋洋的一群一群地躺在穿过村口的那条小溪边的杂草乱石丛中。大多数的时候，跃飞总是躲在不远处的那棵大槐树下好奇又羡慕地望着这些自由自在的家伙们。无聊的时候，他就捡起小石子，抡圆了胳膊，甩向鸭群，石子在空中划出一道抛物线，坠向鸭群。躲在树后的跃飞偷偷看着鸭群一阵骚乱，先是无数只长脖子东张西望，然后“嘎嘎嘎”地叫个不停，很快恢复了平静。跃飞觉得这很好玩，就再捡一块石子扔过来，等着看乱作一团的鸭群，听着叫个不停的“抱怨声”。

整个夏天只要有机会，他就来到槐树下，把捡来的小石子收集在槐树下，然后一颗一颗地扔向鸭群。从小他就是个淘气的孩子，总喜欢凭空搞点什么花样出来。大人管这种行为叫：无事生非。看见的村民就瞪着眼睛对他说：二流子！

有一次，他扔了一堆石子后，正要再次捡石子时，一只体型硕大的鸭子从鸭群里走出来，径直向大槐树走来，边走边“嘎嘎嘎”地叫。跃飞好奇又惊喜，当这只鸭子越来越近，跃飞看到它有些与众不同：除了和其他的鸭子一样的浑身雪白之外，它的头顶上有一团浅褐色的印记，眼睛直勾勾地瞪着他，跃飞开始感到害怕起来。鸭子越来越近，就快走到槐树边，跃飞踉跄地后退了两步，拔腿就跑，却怎么也抬不起脚，他用尽全身力气，可脚下仿佛被一块大磁铁吸住了一样，任凭上身和双手怎样扭动，就是一步也动弹不了。鸭子摇晃着走上前来，身体变得越来越大，越来越高，跃飞仰望着它，绝望地捂上了双眼……

这样的梦，从童年一直伴随着跃飞到如今，他总是从梦里惊醒。唯一不同的是，童年的时候，他从昏暗狭窄的小床上惊醒；少年从梦里醒来，他多半会悄悄溜出房间，在院子里坐上好久，只是安静地望着繁星闪烁的夜空；到了大学，他从四人宿舍的上铺坐起来，发上一会儿呆，然后倒头就睡；成家后，他在妻子的身边醒来，梦境太真实的时候，他就干脆轻手轻脚下床，到书房看那张贴在书架对面整面墙上的四米长两米高的世界地图。

今晚他却没有像以往那样立即醒来，可能是太累了，也可能是别的什么原因，总之，他的梦还在继续。跃飞仍然紧紧地捂住眼睛，但他却感到迎面有风吹来，把头发吹得乱舞，蓝色短袖T恤的下摆被风托起，长裤像充满气的皮球。他既惊讶又胆怯地松开双手，睁开眼睛。这一看不要紧，他马上尖叫起来，不敢相信自己的眼睛：他正在天空中飞翔！一串一串形状各异的白云从身边掠过，他往下望，这一望，跃飞差点晕过去，这不就是那只头顶长着一团浅褐色印记的大白鸭子吗！“它怎么会飞？而我又怎么会骑在它的背上？这是怎么回事？”一连串的问题拍打着他的脑门，他张大的嘴巴被风吹得两腮鼓起，像湖面上风吹过后泛起的波纹，此起彼伏地流动。还没等他缓过神来，大白鸭忽然毫无征兆地头朝下栽了下去，跃飞一瞬间被甩了出去，他在空中翻滚，像块石头一样急速下降。

“救命啊，救命啊”，跃飞大喊。

“你怎么啦，跃飞?”演兰被这划破夜空的大叫惊醒。她想走到跃飞身边去推醒他，可她马上感到钻心的痛，即便只有一米远的地方，她却无能为力，只好不停地大声对着跃飞喊。在跃飞连续喊了七次救命后，他的翅膀开始疯狂地拍打着雪地，整个身体在原地旋转起来。

“快醒醒，快醒醒”，演兰大喊。

过了一分钟，“我在哪里？我在哪里?”他像无头苍蝇不停地问。

“谢天谢地！你终于醒啦。”演兰松了口气，“你刚才做噩梦了，不停地喊救命。”

跃飞愣了一下，深吐一口气说：“刚才，刚才，我做了一个从未做过的梦。”说着他把头伸向腹部。

“什么梦啊?”

“那是我童年、少年、大学时，还有成家结婚后一直做过的相同的梦。但今晚的梦却有了延伸，是我从未梦过的。”跃飞说话的音调就像静静流淌的大河，仿佛他正在穿越时空想要找回一些支离破碎的记忆。

几秒钟的沉默，演兰迷惑地开口问道：“你说你的童年？少年？还有什么大学？还有你结婚后一直做过的梦？”

“没错。”跃飞望着星空说，“小时候，我总是在夏天逃学，要么写完家庭作业后，一个人跑到村口的小溪附近，躲在一棵大槐树下，看溪边的鸭群嬉戏、追逐。无聊的时候，我就把石子扔到鸭群里，然后偷看它们受到惊吓骚动的样子：那是一排排雪白的长脖子，四处张望，鸭群炸开了锅，一个个像酒鬼一样站不稳东倒西歪的，嘎嘎嘎地叫声回荡在村口。对我来说，那就是最动听的音乐。等它们一无所获，重新安静下来后，我又开始扔石子，就这么反反复复，把它们捉弄个不停。这是我童年最快乐的经历。”跃飞忘情地说，眼里透射出一道洁净的光芒，他的脸上流淌着一种久违的安宁。

“你扔石子？经常逃学？还有什么，什么家庭作业？”演兰忍不住打断了跃飞，像连珠炮似地发问。

一阵死寂。

跃飞像是被人从头到脚冷不防地泼了一盆冷水，等了好一阵儿才缓过神来，他意识到自己这一次不可能像以前那样找个托词瞒过她了。他并不是故意想要欺骗演兰，只是这么离奇的事就算说出来，鬼才会相信，再说，也没有必要和一个自己并不很熟悉的伙伴谈论这事。还有，演兰只是一个动物，它没法理解这些和它的世界毫无关联的事。告诉它，只会滋生越来越多的麻烦。

“是这样的，演兰”，跃飞顿了顿，“我其实并不是一只……”，话音未落，就听到不远处森林里机器的巨大轰鸣声。跃飞迅速向演兰做出一个安静的手势，然后小声地说：“你在这里等着，千万别动！我过去看看。”演兰想要说却欲言又止，它点了点头。

第五章

跃飞在树林里穿梭，保持着低空飞行的状态，机器的轰鸣声越来越清晰，他忽然感到很反感这曾经熟悉的声音。越往东飞，那种隆隆作响的机器轰鸣声就越大。跃飞于是斜刺里穿过树梢飞到空中俯视：借着东面天边泛起的一点隐隐的灰白，不远处，有一棵高出其他树至少一米多的大松树正在剧烈地晃动，跃飞马上明白了是怎么回事，有人正在伐树。当他飞过那棵已经倒下去的大树后，跃飞看到一大片开阔的空间：到处都是横七竖八的树木，有些看上去是完整的，有些已经被修剪后，锯成了圆木。在工地的正前方，是一排简易的建筑工房，在这些房子的左侧，是各种各样的被雪覆盖了的大型机器设备。跃飞在半空盘旋了一圈，向着工地的正前方飞去，在工地前方不到两百米的地方，又是一片开阔的土地，地面上还能看到一些零零散散地露出地面的树桩。从这里，穿过夜色远远望过去，跃飞已经能够隐约看到前方连成一片的灯光和密密麻麻的房子坐落在稀松的树林里。看到这熟悉的场景，他想起了自己以前工作出差的情景……在返程回家的飞机上，他总是预订靠窗的位置。在飞机着陆前的半小时，他会放下书，拉开小百叶窗，把脸贴近窗户，欣赏尼尔斯深夜的灯光……这万家灯火的背后不知隐藏着多少故事啊……这逐渐成了他的一种习惯。确切地说，是成年后童年大槐树下的记忆再一次延伸。想到这儿，不知为什么，跃飞的脑海里跳出了宫崎骏的电影——《百变狸猫》。这部多年前看过的电影给他留下了深刻的印象。此刻，跃飞下意识地低头看了看自己的身体。在一个陌生的地方再次想起这部电影，他有一种恍如隔世的错觉，仿佛自己就是那只再也回不了家的狸猫。想得深了久了，他甚至开始怀疑自己身在一个万里长梦中奔跑，拼命挣扎要冲出去，在梦境里的每一个路口寻找裂缝，却被牢牢困在童年的大槐树下。

如今望着远处那片灯海和自己同胞的领地，跃飞心生一种切肤之痛，像是有什么尖锐的东西不停地刺痛着他的每根神经。

机器的轰鸣声越来越嘈杂。跃飞盘旋在森林的上空，望着此起彼伏颤动的树枝，脑子里却奇怪地被一个念头占据：络腮胡和这个工地之间有没有关联？在空中盘旋了一阵儿的跃飞忽然调转方向，飞向凉亭。是的，他心里已经有了一个计划。“我还是先回去和演兰打个招呼的好，免得她担心。”跃飞心想。

自从跃飞离开后，演兰就再也没有了睡意。她满脑子里想的都是刚才跃飞从梦里惊醒后对她说的那些奇怪的话，越想越不对劲，又想到跃飞离开尼尔斯之前住在人类家后院的事，她就越发觉得蹊跷：“不行！我得找个机会认真和他谈谈。”演兰心里琢磨着。就在她胡思乱想之时，跃飞从天而降。

“你终于回来了，我想和你谈谈。”演兰说。

“很要紧吗？”跃飞看着她。

“倒不是什么紧急的事。”演兰回答，“但最好我们谈一谈。”

“如果不是紧急的事，咱们有空再谈好吗？”没等演兰回答，跃飞接着说：“你知道我刚才看到了什么吗？”

“你看到什么了？”

“前面森林不远处，有一个建筑工地，工人们正在伐树。”

“工人们？你是说人类正在伐树？”

“没错，是人类。他们伐树是要盖房子。等你伤好一些，我带你去那里，离那儿不远，就是人类的一座城市。”

“你对人类的事知道得可真多啊。”

跃飞没有解释。演兰接着说：“既然你对人类的事情了解得这么多，那我来问你，为什么人类要盖那么多房子？森林本来是我们动物千百年来生活的地方，我就是不明白他们为什么非得不停地占据我们的地方？”

跃飞低下头沉默了几秒，然后恍恍惚惚吐出了几个字：“是啊！人类为什么呢？”

短暂的沉默后，跃飞调整了情绪，把话锋一转对演兰说了他的计划。临走前，他找来一些半湿的草和干树叶，放到演兰面前，叮嘱她尽量不要移动，大约傍晚的时候自己就会回来。

飞到大仓库的正门前，跃飞躲在旁边的灌木丛边，他看到房子的左上方有青烟冒出。这时，已经天亮，东面的天边呈现出一条狭长的粉红色朝霞，太阳只在朝霞的底部露出了一条金黄的弧线，然后弧线慢慢向上延伸，朝霞的颜色随着太阳升起逐渐变成深红色，在阳光的透射下，成为一种闪着金光的红色。隐藏在朝霞背后的太阳如同一位手法高明的魔术师，每一分每一秒都在制造着惊喜。有那么一刻，跃飞冲动地四处张望找照相机，他满脑子想的都是要拍下来的念头。看到空无一物的身边，他叹了一口气。就在他胡思乱想之际，仓库的电动门发出响声，跃飞赶紧躲在灌木丛后面……这一次他准备充分，只要一有机会，就打算溜进去。络腮胡高大的身影出现在门前，他穿了一件灰褐色连体睡衣，双手插在口袋里，站在门口望向太阳。片刻后，他张开双臂，伸了个懒腰，双手攥成拳头高高举起，在空中停留了好几秒，才把双手又揣进口袋。跃飞的脑海里莫名其妙地跳出了电影《洛奇》中洛奇·巴尔博亚站在清晨的费城艺术博物馆前高举双臂的背影。对于眼前的这个大个子，跃飞心里不可名状地产生了几分自己也说不清的好感。络腮胡打了个寒颤，抬头望了望天空，又看了看四周，转身按下电动门的按钮，走进了车库。跃飞冷静地原地不动数到三，就在大门落下三分之二时，他箭一样飞出灌木丛，在大门即将落地的瞬间，他缩着脖子收起双脚贴着地面滑入，只听一声沉闷的响声，一切又重回了宁静。跃飞匍匐在地，感到一阵钻心的疼，差一点叫出声来。他抬头四下张望，昏暗的灯光里，看到身后有一片血迹，在大门旁还有几根散落的羽毛，他身体的前半部分滑入门内的瞬间，由于门下降得太快，他尾巴后部的羽毛被夹掉了几根。他感到后怕：要是慢半拍，自己就被拦腰截成两段了！跃飞忍着痛，趴在原地不敢乱动，直到络腮胡的脚步声回荡在空旷的昏暗里，他才转过头捋了捋尾巴上的伤口。

沿着络腮胡走去的方向，跃飞小心翼翼地向前走，边走边观察周围，仓库的两边几乎什么也没有，除了左侧有一台大型吹雪机，几个立在右侧墙边的汽油桶，四个空空的大铁笼子整齐排列在吹雪机的前面，整个仓库显得很空旷。跃飞走了大约三十米，看到有一扇从房顶垂直落下来的电动门紧紧地贴着水泥地面，这扇门足足有外面那扇门的三分之二那么宽，电动门的右边是一个光线明亮的走廊，水泥铺成的地面一直延伸到尽头，天花板是白色的吊顶和一排排的白炽灯管。走到了走廊尽头，跃飞这才发现又是一条长长的走廊，他警惕地向里张望，透过光影，可以隐约看到走廊通向了左边。“这是个动物实验室？”这个念头一闪现在他的脑海里，就想到昨天见到的那头被射杀的驼鹿，他打了个寒颤。跃飞屏住呼吸，放慢了脚步，向着走廊深处走去。走廊的左侧是一米多高的墙壁，在墙壁的上方，是直接从天花板垂直下来的一片片大玻璃，一直延伸到尽头。跃飞实在是太矮，没有办法看到里面，但从明亮的玻璃可以猜到，里面应该有人。穿过这段走廊，尽头处仍然转向了左边。跃飞走得更慢了，他开始听到零星的脚步声和一阵阵急促而沉闷的声音，好像是从更远的地方传过来的。走到走廊大约一半的位置，是一扇向里半敞开的门，跃飞伸长了脖子向里面张望，没看见人，他屏住呼吸走了进去。这是一个既宽敞又明亮的大房间，几张白色大工作台错落有致地分布在角落里。工作台上摆满了各种大小不一的玻璃器皿。房间的中央有一台看上去至少七米高的大型设备，足有一辆重型卡车那么大，S 形黑色楼梯从地面一直扶摇而上通向顶部。跃飞贴着楼梯穿过庞大的机器，“又是一道门！还是一道铁门？”他心里疑惑重重，心跳加快，双眼紧紧地盯着前面几米远的那道敞开着的黑色铁门，每往前走一步，他都停下来左右张望一下。刚才听到的沉闷急促又断断续续的声音，这时很清晰地从这道铁门内传到跃飞的耳朵里。在这声音里还偶尔混杂着几种不同种类的鸟叫声。当他站在原地不动时，甚至能感到脚下地面轻微的震动。跃飞心里七上八下打起鼓来：前面情况不明，后面又没有退路。他开始犹豫起来，有点埋怨自己的鲁莽，怎能轻易闯进这个神秘可怕的地方。

硬着头皮，跃飞穿过铁门，眼前的情景让他大吃一惊：十米远的右前方，正是昨天看见的那个石屋。络腮胡站在一个紧靠着石屋一样高的梯子上，背对着跃飞，正在把一根粗大的黑色胶皮管费力地套在石屋的烟囱上。跃飞赶紧躲到大门旁边的一张桌子下面，这时他才注意到这个偌大的房间里有好多大小不一的笼子：有些是空的，但大多数里面都有动物，小一点的笼子里关着种类不同的鸟。在左侧靠边的铁笼里，有一只浑身都是黑色斑点、皮毛呈浅棕色的大山猫在里面走来走去。隔着两个空笼子，是一头直挺挺竖着两只短耳朵、目光锐利的成年苍狼卧在铁笼的中间。再过来，躺在笼子角落里的是一只无精打采的小棕熊；隔着一个大空铁笼，是一只绿脑袋红脚趾的野鸭，它时不时地啄着铁笼。在野鸭的旁边是一只雪白脑袋的白头鹰警惕地四处张望。在右边灯光略显昏暗的角落，居然还有一只大雁！剩下的动物他都不认识了。

络腮胡装好了管子，右手里抓着一个像盾牌一样手掌那么大的黑色东西从梯子上爬下来，他走到石屋的一侧，左手掏出一把手电筒，在墙上中间的部位来回照了照，最终把光线定位在一点后，他把右手上那个黑东西往光照的地方贴了上去，然后腾出左手，两只手抓住盾牌中间的把手，用力往外拉。试了几次后，跃飞听到石头相互摩擦的声音，紧接着，络腮胡小心翼翼地抽出了一块四方的石头。他手捧着石头径直走向跃飞，穿过铁门。几秒钟后，跃飞听到“咚咚咚”上S形楼梯的声音。过了一阵子，又是一串“咚咚咚”的声音，络腮胡又回到石屋旁。他双手叉腰背对着跃飞像个雕塑一样一动不动地站在刚才的位置。他好像是在等待什么。一分钟后，他从口袋里取出手电筒，把光线调到最暗，然后对着那个洞照进去的同时，他把右手握成拳状放在嘴边，只听见“嗷——嗷——嗷——嗷”一长串驼鹿浑厚的叫声回荡在偌大的房间里。房间里马上引起一阵骚动，然后就是各种动物的叫声交织在一起。跃飞看到动物们都开始在笼子里走动起来，连那只懒洋洋的小棕熊也站了起来，把毛茸茸的脑袋塞进铁栏杆里，目光好奇地望向石屋。络腮胡又发出“嗷——嗷——嗷——嗷”的叫声，声音未落，跃飞就听到撞击墙壁的急促声音，一串更沉闷的“嗷——嗷——嗷——嗷”的叫声从石屋里传出来。跃飞这才恍然大悟：原来络腮胡是在尝试和驼鹿对话！他昨天并没有杀掉这只驼鹿，只是把它麻醉了而已。

此起彼伏的“嗷——嗷——嗷——嗷”声回荡在房间里，络腮胡专注的模样就像整个世界都不存在一样，根本没留意到其他动物。这时，房间像是炸了锅的动物园，一场高音和低音混声的大合唱撩拨得空气简直要擦出火花。

过了好一阵儿，络腮胡停了下来，石屋里面的驼鹿叫了几声后也停止了。更离奇的是，它不再撞击石屋。一两分钟后，所有的动物都安静了下来。络腮胡却开始表演了：站在原地跳起踢踏舞……他那不协调的脚步有好几次差点把他自己绊倒，手电筒摔在地上，他也不理睬。五分钟后，他停下来，擦了擦额头的汗，捡起地上的手电筒，走到那只看上去凶狠的苍狼面前。他蹲下来，居然把右手伸进了笼子去抚摸狼的脑袋！接下来的一幕更让跃飞震惊：苍狼一动不动眯着眼睛让络腮胡抚摸，很享受的样子。笼子里的大手又挪到苍狼的嘴巴边，那家伙伸出粉红的舌头有节奏而轻缓地舔着络腮胡的手指，络腮胡再次把他的大手放在苍狼的脑袋上又拍又摇，好像是老朋友一样！然后他走开了。

跃飞看呆了，等他醒悟过来，络腮胡早就不见了踪影。

几个小时后，络腮胡推着一辆载满食物的平板车回来了，他从左边第一个笼子开始分发食物。各种大小不一的方形塑料盒子装着不同的食物。很快，他分完了车子上的食物，站在一边，两只胳膊交叉在胸前，看着这些动物狼吞虎咽，他脸上露出了笑容。动物们边吃边发出各种各样奇怪的声音，弄得跃飞觉得自己肚子"咕噜噜"地叫起来，可不是，他已经有一天没吃东西了。看到那只白头鹰又撕又咬一条在饭盒里的鱼，他咽了一口口水，鱼可是他以前最喜欢的食物之一。还没有得到食物的动物们在笼子里走来走去。那头小棕熊急得干脆直立起来，前爪搭在铁笼的隔栏上摇晃起来。络腮胡这才留意到，赶紧推着空车离开了。一会儿，他又推着载满食物的平板车回来了。最后一个得到食物的是那只在角落的笼子里的大雁，络腮胡从平板车上取下最后一个大塑料盒，盖子打开后，被压缩在盒子里的青绿色海藻一下子冒了出来，撒了一地，戴着手套的络腮胡跪在地上去捡。那只大雁焦急地站在笼子前，它短而尖的黑嘴不停地敲击着笼子，发出“咚咚咚”的声音。塑料盒子刚放进笼子，它就扑上来，一头扎进盒子里，弄得海藻到处都是。跃飞的肚子叫得更厉害了，看到络腮胡推着平板车穿过了铁门，他从桌子下面冲到笼子前，狼吞虎咽地吃着散落在外面的海藻。

“嘿！伙计，你从哪儿来的？”一个粗声粗气的声音在跃飞耳边炸开。

跃飞抬头看了一眼这只近在眼前的大雁，一片海藻正好从他的嘴角滑落下来，他这才意识到自己的失态。

“哦，”跃飞咽下了喉咙里的海藻说，“我是偷偷溜到这里来的。”

“什么？怎么可能？”大雁显然不信。

“我没有骗你！嗨，说来话长。等我吃完了再和你说，我快饿死了。”他边说边埋下了头。

吃饱后，跃飞把自己是怎么进来的经历告诉了大块头。那家伙瞪大了眼珠一副不敢相信的模样，嘴巴微微地上下起伏好像想说什么，还没等它反应过来，跃飞连珠炮似地问道：

“说说你的经历，你是怎么到这儿来的？络腮胡为什么把你弄到这儿？他到底是干什么的？对了，你叫什么名字？我叫跃飞。”

“好家伙，我就问了你一个问题，你发炮弹一样问了我这么多！叫我丑哥吧，我块头大，长得丑，大伙都叫我丑哥。”丑哥边说边呵呵地笑起来。

“你还没回答我的问题呢？”跃飞又重复了一遍。

丑哥说：“别急，让我慢慢和你讲。你瞧这儿！”它抬起了自己的左脚。

跃飞这才注意到它的大腿根部上缠了厚厚的一圈白色纱布，问道：“这是？”

“嗨，别提了，都怪我贪吃。我在林子里吃了猎人撒下的嫩荷花叶和睡莲，亏了那个猎人的枪法不怎么样，要不然我早没命啦。”

跃飞马上明白了这家伙为什么会在这里，但他还是再次问道：“你是说，络腮胡后来救了你？”

“没错！那天我流了很多血，在一片松树林的上空没头没脑地乱飞，后来两眼一黑从半空栽了下来。等我醒来后，就在这儿了。嘿嘿，说实话，我挺喜欢这儿，有吃有喝，而且还不用每天担惊受怕。最重要的是，主人每天都给我准备最爱吃的嫩海藻和新鲜青草！”丑哥越说越带劲，得意地聊自己这几天在这里的快活日子。

跃飞哪里听得进去，他环视四周，看到还在撕扯肉块的小棕熊，它的嘴巴外侧有一个醒目的十字绷带。“看上去这里的动物都是受伤后，被络腮胡救回来的。络腮胡到底是做什么的？”心里这么想着，跃飞更迷惑了。

第六章

“伙计，快！快躲起来！”丑哥忽然瞪大眼睛冲着跃飞大叫，安静的房间开始再次躁动起来。

“怎么啦？你不要一惊一乍的好不好！”

“你没听到脚步声吗？络腮胡过来收拾饭盒了！”

跃飞竖起耳朵，从纷杂的喧闹声中听到越来越近的脚步声。他急忙转身向桌子那边奔去，但脚下一滑，只听见“咣当”一声脆响，跃飞的身体向前结结实实地脸朝下摔在水泥地上，亮起的左脚掌底的一团湿海藻被抛向了空中。顾不上疼，他站起来往前跑，可他的右脚偏偏被卡在丑哥的铁笼子上，丑哥急得在一旁团团转。

“傻站在那儿干什么！快帮我用力推呀！”跃飞有点气急败坏地喊。

“哦。”丑哥急忙走上前来使劲推跃飞的右脚。

大约十几秒的时间，跃飞终于把右脚从笼子里抽出来，当他转身，刚向前迈了一步，却看到眼前一双大脚挡在面前。跃飞仰起头向上望，一双眼睛如一对车灯一样严严实实"罩住"自己。

络腮胡蹲下来，伸手轻轻摸了摸跃飞的脑袋，又看了一眼他的右脚，结结巴巴地吐出了三个字："别——担——心，"顿了一下又蹦出了三个字："没—— 事——的。"

跃飞惊愕地看了他一眼，又看了看旁边正向他做鬼脸的丑哥，他脑海里忽然浮现出今天早些时候络腮胡模仿驼鹿叫声的情景，这时他心中的疑惑顿时有了答案……原来络腮胡是个动物语言学家。

络腮胡把他抱在胸前向铁门走去。穿过了几个走廊，来到一个像实验室的大约五十平方米的房间，整个房间都是白色。络腮胡把跃飞放到铺着一张白布的桌子上，开始消毒和包扎，不到十分钟，他的右腿上就包裹了一层白色纱布。放松下来的跃飞，这时才感到右腿火辣辣灼烧一般的痛，没等他反应过来，络腮胡抱起他走出房间，径直向着来时的方向走去。远远看到前面的大铁门，跃飞急了，他意识到络腮胡要把他放进笼子里，他左右摇晃拼命挣脱，络腮胡于是把他抱得更紧贴在胸前，边走边用手摸出口袋里的一串钥匙，来到丑哥的笼子前。开锁，轻轻把他放到笼子里，锁好后就去收拾那些塑料饭盒去了。跃飞发疯了似的撞击笼子，不停地大叫："放我出去！放我出去！我不能待在这儿！"络腮胡听到后，愣了一下，停下了手里的活，站起来转过身望向跃飞。这时，他腰间的手机响了。

"嗨，伙计，冷静点！别这样，在这儿不是挺好的吗？"丑哥劝说。

"你懂什么！我的同伴还在雪地里等着我！"跃飞头也不回气恼地回答。

络腮胡一边听着电话一边推着平板车离开了。

对于跃飞，这可真是漫长的一夜啊。所有的动物都睡了，只有他，时而在笼子里走来走去，时而静静地蹲在角落里。越是想到雪地里受伤的演兰，他的心就越焦虑不安。"必须得想一个办法逃出去，我得想个办法！"整晚上他的脑袋里都是这个念头。

第二天早上，当丑哥醒来，它惊讶地看到：跃飞睁着眼斜躺在角落里，右腿上的白纱布染着血迹散落一地，他身上的羽毛像马蜂窝一样乱糟糟的。

"你怎么啦？伙计！"丑哥吓了一跳，边说边走过来捡地上的纱布。

“别动！我没事，你就待在那儿！”

“什么？”

“我说你不要动纱布！”看到丑哥一脸迷惑，跃飞只好解释：“这是我的逃跑计划。实话跟你说吧，我得尽快离开这儿，要不然我的同伴会有生命危险！”

“你越说我越糊涂了，你的同伴有生命危险？”丑哥望着跃飞。

跃飞有点无奈地瞟了丑哥一眼，停顿了一下，决定把自己的经历告诉它：“好吧，我告诉你，事情是这样的。”

“听起来很酷啊！你们是从加拿大中部一路飞到这里的？”丑哥永远都有那么多问题。

“你傻呀？一路不停飞到这儿，早就累死了，再说我的伙伴受伤了，嗨，我干吗和你说这些。”跃飞忽然停顿了一下，左顾右盼：“嘘！听到脚步声了吗？络腮胡来了！快！快回到你的位置，装作什么都没发生！”

话音刚落，脚步声就近了。络腮胡到了房间，先是挨个查看了每个笼子，然后在丑哥的笼子前停了下来。他迅速打开笼子，抱着跃飞匆匆离开了。在敞开的实验室里，络腮胡小心翼翼取下了跃飞右腿上的纱布，快速消毒之后，又缠上了新纱布。当他拉开抽屉，要把剪刀和纱布卷放回去时，跃飞突然从桌子上飞起来，箭一样地冲向大门，被跃飞带起的白色桌布飘在半空。络腮胡被这突如其来的意外惊呆了，他先是愣了一下，然后转身追了出去，边跑边吐出几个字："不——要——飞，你——受——伤——了！"跃飞穿过几个走廊，一路飞到通往户外的大门前。络腮胡很快喘着粗气追了上来。在空中盘旋的跃飞大叫："不——要——过——来"，他显然是拖长了音节。络腮胡立刻停住了脚步，站在原地，跃飞一阵惊喜！络腮胡听懂了他的话。他缓缓地落到地上，望着这个站在对面十米远的大家伙，深吸了一口气后，一字一句地说："听着，我必须要离开这里！"刻意地停顿了几秒后跃飞接着说："因为我的伙伴受伤了。"边说边回头指了指大门。

一阵死寂。

虽然看不清络腮胡的脸，但从他一动不动的样子来看，跃飞预感到会有什么不同寻常的事情要发生，他随时准备飞起来。

络腮胡惊呆了！他无法想像眼前这只受伤的大雁

居然会说出这么有条理和逻辑的话，研究动物语言这么多年，从来没见过一只动物会以这样的方式说话。这让他马上想到昨天这只大雁被自己关起来后大喊的那两句话：“放我出去，我不能待在这儿。”他深吸了一口气，像倒豆子一样缓慢地说：“我——明——白——了。可——是，你——已——经——受——伤——了。”

“别担心，我的腿伤一点也不要紧。我必须要马上离开这里，因为我的同伴伤得很严重，求求您啦！”跃飞试图说服络腮胡。

几秒钟的安静，络腮胡说：“好——的，我——现——在——就——开——门。”说完他走向大门。走了一半，他好像想起了什么事，补充道：“你——要——是——不——介——意——的——话，我——可——以——帮——助——你——的——同——伴。”说完整句话，络腮胡喘了一口气。

“那就太好了！现在就去吗？”

“好——的。”络腮胡按下了大门的按钮，接着说：“等——我——几——分——钟——可——以——吗？”

跃飞点了点头，络腮胡便转身跑远了。大约五分钟后，络腮胡跑出来冲向不远处的雪地摩托，跃飞在前面带路，他开着雪地摩托跟在后面。半小时的工夫，他们找到了雪地里的演兰。跃飞请求络腮胡待在五十米远的地方等自己，自己先向演兰解释事情的经过。络腮胡非常理解地点了点头，只是费力地吐出六个字："动——物——害——怕——人——类。"跃飞落到演兰身边，把事情的前因后果说了一遍，告诉她不要害怕，远远站着的那个人是来帮她治疗的。演兰半睁着失去了光华的眼睛，看着跃飞，又迟缓地望向远处的络腮胡，她想说什么却又没有开口，点了点头。跃飞心里清楚，演兰像所有的野生动物一样恐惧人类，只是因为相信自己才同意的。想到这儿，他感到一种莫名其妙的感动涌上心头。络腮胡走了过来，先是检查了演兰的伤口，又查看了她的身体，眉梢微微翘起，一堆横七竖八的长皱纹随即爬上了他的宽额头，跃飞看在眼里，赶紧问伤势严重吗。络腮胡说演兰现在非常虚弱，右腿骨折，而且失血很多，必须要尽快消毒，包扎，然后再注射些葡萄糖。之后好好休养一段时间，应该就会恢复了。

一个多小时后，演兰已经熟睡在一个阳光充沛的温暖的小房间里。络腮胡擦了擦额头上的细汗，收拾好消毒酒精、纱布和剪刀之类的东西。然后离开了一会儿，回来时左手攥着一个250毫升的注射器，右手拎着一个医药箱，腋下还夹着一个扁平的硬纸盒。跃飞心生感动却又帮不上忙，急得开起玩笑来："看不出来你还是个多面手呢!"络腮胡把东西放到桌子上回应道："我——以——前——是——一——个——医——生。"医生的"生"字还没有落地，他就开始配置注射药物，手脚麻利地整理医药箱。跃飞站在一旁看得出奇，心里暗想，"他说话的笨拙腔调和熟练的技能真是让人难以置信"，转念一想，"就骂自己糊涂！络腮胡可不只是说一种动物语言啊"，想到这儿，他心里暗暗佩服络腮胡。

就在跃飞天马行空地胡思乱想时，络腮胡正在把一管葡萄糖缓慢注入演兰脖子下面的位置。就这样，他注射了两管。把所有东西收拾好后，络腮胡拉了把椅子在跃飞对面坐下。阳光此时正好从窗外投射进来，洒在地面，留下一大块狭长的光影。跃飞坐在光影的边缘，阳光正好落在他脖颈上，黑色的绒毛亮得刺眼，脖子下方的灰白细绒毛干净又柔软，天然地与黑色拼接在一起，像是老裁缝手工完成的绝妙衣裳。也许是阳光的缘故，让人有一种忍不住想要触摸的感觉。

跃飞望着窗外纯蓝的天空。有那么几分钟，两个人都没有开口说话，仿佛都沉浸在这静静的光影中。还是跃飞先开口了："谢谢你救了演兰！"停顿了几秒钟接着说："我知道，你对我这只大雁有很多疑惑，要是我没猜错的话？"

络腮胡好像从梦里醒来一样，眼神和跃飞碰撞在一起，然后他没有说话，只是点了点头。

"好吧。"跃飞沉吟了一下，"在我讲之前，只有一个请求：在我把事情全部讲完之前，不要打断，不要提问题。你能做到吗？"

络腮胡表情严肃地看着跃飞，郑重地又点了点头。

三十秒的寂静。跃飞看着络腮胡说："是这样的。大约在两周之前，我在加拿大尼尔斯北部打猎。"跃飞有意停下来，表情变得更加严肃，"我是说，我是作为一个人去打猎。"话音刚落，络腮胡身体猛地向后仰，椅子晃了一下，他张开的嘴巴停了几秒又慢慢地合上了。跃飞心领神会地点了点头，"那天我打到了自己人生的第一百只加拿大大雁。"他刻意在"一百"上加重了语气。络腮胡的眼睛一眨不眨地盯着他，嘴巴半张着，微微露出两排白牙齿。他的两只大手从膝盖上挪开，又马上放到膝盖上，十指紧紧相扣，指尖变得越来越红，同时两个大拇指不停地上下搓动。跃飞接着说：“当我兴奋地走到大雁旁边，像以往一样伸手去抓猎物时。”跃飞停了下来，闭上了双眼，把头深深埋在胸前，他的身体开始发抖，抖得越来越厉害。

阳光温暖的整个早上，跃飞和络腮胡绝大部分时间都是静静地面对面坐着。偶尔，络腮胡站起来，右手托着下巴，在小房间里走来走去，然后又坐下来。跃飞自始至终卧在原地，光影从他的脖颈慢慢地爬过，接着落到他的前胸，又照在他黑黑的双脚上，直到他整个人都沐浴在阳光里。而另一个房间里的演兰一直沉睡着。她的头和脖子自然地搭在柔软的翅膀上，好像沉浸在一个长长的美梦里。

第七章

当天晚上，演兰仍然留在那个小房间，那里很安静，和其他的动物隔着一条长长的走廊。跃飞则被络腮胡安排到一个独立的卧室，卧室的斜对面就是络腮胡的卧室。络腮胡生活起居的地方就在这座仓库后面大约五十米远的地方，连接房子和仓库的是一条满是雪印的小径。临睡前，络腮胡来到跃飞的房间，他们聊了好一阵子。起身时，他脸上挂着一丝不易被察觉的微笑离开了。

接下来的一周陆陆续续地下了几次小雪，大部分时间都是晴空万里。络腮胡每天都要开着雪地摩托在方圆几十千米内查看有没有受伤的动物，跃飞有时在高空俯视，但大部分时间坐在络腮胡右侧的乘客座位上。有一次，络腮胡忽然冒出一句："跃飞，你真是福星啊！"跃飞不明白，问为什么。络腮胡开玩笑回答："印象里，从来没有一周这么安静过，自己还担心对讲机是不是坏了，早知道是这种情况，自己就飞去巴西了。”跃飞问：“为什么去巴西休假？是不是想逃离冬天一阵子。”络腮胡笑着说：“哪里是去休假，是要去亚马逊原始森林。”跃飞很好奇地追问。络腮胡就同他讲那里有多少种类已知的动物，什么样的稀罕鸟类，还有数不清的植被……每当这样的时候，络腮胡说得眉飞色舞停不下来，他的双眼里绽放着一种奇异的光芒，仿佛他已经身在亚马逊森林里了。跃飞听得如痴如醉。自那以后的很多年，他都能清楚地看到那双如婴儿般纯粹没有杂质而又幽蓝如海水般的眼睛。

从小跃飞就对自然界充满好奇心。对自然的好奇心不仅没有随着年龄的增长而减弱。相反，随着日复一日平淡如水的生活和工作，那种深埋内心的向往……童年和少年时期埋下的好奇心，开始在平淡日子的浇灌下生长起来。尤其到了夜深人静的时候，一个人怔怔地站在书房望着墙上偌大的世界地图，那种想要看世界的冲动就愈发强烈。这让他有时感到苦恼，后悔自己少年时期没有像切·格瓦拉那样骑着单车看世界。而在周末，享受与家人的天伦之乐或多或少冲淡了这种生长旺盛的好奇心。但他始终固执地坚信，总有那么一天他要用脚丈量书房里的那张世界地图。此外，他也曾是个超级亚马逊原始森林迷。从童年起，他就看过几本关于亚马逊森林的小人书。后来上了中学，他把学校图书馆里仅有的几本科普书都翻遍了，光笔记就做了好几本。多次搬家，那几本破旧的笔记本一直在身边，只是再也没有翻开过。或许他在等待着“那一天”的到来才会擦去上面的灰尘吧。

有时候，跃飞也开络腮胡的玩笑。比如，听你说得头头是道，不知道的人还以为你去过亚马逊很多次了呢。两个人就笑成一团，有时突如其来的笑声会惊起林子里的鸟，它们从光秃秃的树干上四面八方跃身飞起，又惊得树梢上的雪一簇簇先后落下去。在阳光的照射下，如细沙般的雪闪着银光像瀑布一样往下泻。那景象让看见的人也不由得相信，森林里一定有传奇故事。

通常晚饭后，要么跃飞冲进络腮胡的卧室，要么络腮胡端着一杯咖啡到跃飞的房间。掩着的门里时不时传出爽朗的大笑，静不了太久，又是一阵笑声。有时他们俩聊到深夜。常常是络腮胡左手端着空咖啡杯，打着哈欠，右手捂着大张的嘴巴从跃飞的卧室走出来。

人生有时真是奇怪：明明有些人，生在同一个地方，长在同一个地方，但他们从来没有说过一句真心的话。可有些人，在长长的一生里，就像两条抛物线偶尔交错，却迸发出热烈而耀眼的光芒。

一天早上，大约九点多的样子，他们俩和以往一样开着雪地摩托巡逻在森林里，忽然听到一声尖锐的惨叫，林子里一下子“呼啦啦”飞起一大群鸟。跃飞马上飞到空中查看。十几分钟后，他回来了，“从这里往北大约三十千米，有一群工人正在伐树！”跃飞喘着粗气，“对了，我忘了和你说，这个地方我以前去过，也是偶然发现的。”

“不会吧？我知道有一个建筑队，但是至少在一百千米外的”，络腮胡看着跃飞，“你觉得惨叫是从那里发出来的？”

“我不能肯定，但很有可能。你想，如果太远，咱们也不可能听得这么清楚啊。”

“嗯，有道理！”

“那是什么动物发出的叫声？”

“听上去像是白头鹰，咱们赶紧过去看看！”

大约五十分钟后，他们俩找到了还在轰鸣的伐木机。上百棵树木横七竖八倒了一地，雪地上到处是工具。一个身材修长看上去至少有一米九，满脸胡须的家伙，头戴黄色安全帽，直直地站在一处地势稍高的雪地上，他双手插在深蓝牛仔裤口袋里，望着干活的工人们。络腮胡双手捂着耳朵，看上去有些烦躁。他站在原地，环视了四周，什么动物也没有看到，然后蹲下来对跃飞说了几句话，就径直走向那人。两个人交流了几句，络腮胡就走开了，他向前面大约两百米远的工棚走去。走到近处，一个工人斜刺里冲上来，挡住了络腮胡的去路，他上前一步，粗鲁地推搡了一把络腮胡，然后对他说了些什么。两个人站在原地僵持了有一分钟的样子，另一个工人也跑过来，然后络腮胡在这两个工人的“护送”下回到了雪地摩托车旁。络腮胡阴沉着脸，一句话也没有说，跳上车子，猛轰了一下油门，很快消失在雪地里。

回去的一路上，两个人谈论着这事，越聊越觉得蹊跷。还没有到家，他们就想出了一个办法。络腮胡负责明线，先打电话到卡尔蓝市森林保护中心，再询问卡尔蓝土地规划部。如果都没有结果的话，络腮胡就直接找卡尔蓝市长——帕里斯特。跃飞负责暗线，每天一大早飞到附近侦察，看看能有什么收获。

吃过午饭后，络腮胡就打了电话。两个部门给出的答案都是一样的，这是合法注册的房地产项目。但络腮胡就问他们为什么在丘吉尔原始森林里开发房地产项目？他们给出的回答都是一样斩钉截铁的四个字，无可奉告！络腮胡不罢休，就追问他们为什么同一个公司，取得了在同一个区域内开发两个房地产项目的资格？工作人员就开始支支吾吾踢皮球，诸如建议络腮胡再问问市里的其他相关部门。

接下来的五天，络腮胡没有取得任何进展。跃飞这边也是一样。尽管他每天都飞去相隔至少七十千米的两个建筑工地，也看不出有什么不同。工人们有序地伐木，大卡车来来往往运输被修剪干净、被切割的大圆木。两个工地唯一的不同就是：卡尔蓝市 16 号环城公路的工地已经完成了砍伐，所有的木头都被运走了，工人们开着重型压路机来回反复地平整地面。而丘吉尔原始森林内的工地，工人们每天还在忙碌地伐树、修剪、切割。当圆木高高地堆成一片，才能见到加长大卡车开进去装运木材。跃飞还注意到，两边的工地周六和周日都不休息。他还细心地发现：丘吉尔原始森林里的工地，到了周末明显有更多的工人在工作。“但这又能说明什么问题呢？这年头，只要没人投诉，即便违法，老板愿意付双倍加班费，工人又乐意来上班，谁能把他们怎样？”跃飞琢磨着。

没办法，络腮胡只好使出最后一招——去找市长。市长的办公室在卡尔蓝市中心的三层市政大楼的二楼靠右边。今天，已经是一周里第三次到这里了。第一次因为没有预约，直接被保安“请”了出去；第二次倒是预约好了，可当秘书伊丽莎白推开市长的办公室时，才知道市长临时有紧急事务，和他的竞选团队外出了。络腮胡当时的脸一下子就沉下来，伊丽莎白尴尬的表情像是想找个地缝钻进去。

络腮胡绷着脸面无表情，肩并着肩和伊丽莎白一起向着市长的办公室走去，他全然不理会她的赔笑和道歉。伊丽莎白觉得无趣，只好走在走廊的前面带路。边走，她心里祈祷着市长这一回可不要再爽约了，要不然她今天可怎么应付铁青着脸的霍金博士？想到这儿，她满脸愁云，情绪低落到开始后悔，为什么自己去年非得拒绝了莫卡模特公司的邀请呢？每天赔笑脸不说，还要说假话，这样的工作我受够了！络腮胡跟在穿着高跟鞋的伊丽莎白后面，心情也好不到哪儿去，他边走边在心里盘算着，要是帕里斯特这家伙今天又放我鸽子的话，我就要他好看！

可不是，还有不到一个月就是圣诞节了，然后是新年，这可是最佳曝光率和四处演讲的大好机会。每个候选人都摩拳擦掌，准备在明年二月投票前一举定乾坤。虽然当下帕里斯特的支持率高过他的竞争对手们有二十多点，但帕里斯特从政多年是个谨慎的政客，他要等到投票结果出来那一刻才会在公众面前展示对竞争对手的“仁慈和感激”。他总是不厌其烦地提醒自己的竞选团队，就算睡着了也不能放松！他的经典口头禅就是：“嘿！伙计们，动起来！你们不会忘记特朗普总统2017年的翻身仗吧！”

“谢天谢地！”伊丽莎白推开门的时候长长地出了一口气。帕里斯特市长正好站起来，满脸堆笑大步走上前来，他非常干练地伸出大手，没等秘书开口介绍，便说：

“您好啊，霍金博士！很早就听说过您的大名，今天终于有幸在这儿见到您，真高兴！”

“我也是，市长先生。”络腮胡礼节性地回复道。

“最近听说您在研究白头鹰语言方面取得了突破性进展，祝贺您！不介意的话，您能说说吗？我可是个鸟类迷呀。”帕里斯特永远会在重要会议前的最后一分钟了解一下会议对方的简介。

“市长先生，很抱歉，我今天可不是来谈动物语言的。”没等市长开口，络腮胡接着说：“我可以问你一个问题吗？”

“当然！您难道不想坐下来聊吗？”市长有风度地伸出右手，指向办公桌前方的三排棕红皮沙发。

络腮胡犹豫了一下走了过去，“是这样的，市长先生，你应该知道在咱们市的最南边，我是说，过了16环城公路，紧挨着丘吉尔原始森林，正在开发一个大型居住区。”络腮胡有意停顿了一下，看着市长。

“没错。那里规划了一个大型居住区，这个项目计划将用五年建完。它将为我们市解决至少580个就业机会。”帕里斯特骄傲地说，刻意在数字上加重了语气。

“这很好。不过，我的问题是：在这个项目往南大约七十千米的地方。”络腮胡喝了一口秘书递过来的水，“我们都知道那地方属于茂密的丘吉尔原始森林，还有几条河流一直交错延伸到玛瑙斯。为什么在那里还有一个正在开工的新社区呢？”

市长喝了一口水，脸上堆积如山的笑容褪去一半：“您问的是一个好问题！霍金博士。是这样的。”帕里特斯清了清喉咙接着说：“这个新项目是环城路边项目的延伸版。首先，这个新项目是得到市议会投票通过的。”他强调，“第二，它将为我市解决超过340个就业机会。还有一点对于我市的未来很重要：由于我们市政的高效率和全市的营商环境，韦斯特集团答应我们，最早在明年下半年，就会把在纽约的总部搬到我们市，这可是一个振奋人心的好消息啊！到那时，不仅会为我市解决至少800人的就业机会。从长远看，将会大大提高我市的知名度！”市长的双手在空中比划着，两眼发亮，脸上的笑容又堆成了山。他喝了一口水，正准备接着说。

络腮胡显得有点不耐烦，打断了他：“帕里斯特先生，你还没有回答我的问题，我的问题很简单：为什么要把一个居住区建在丘吉尔森林里？而不是建在其他什么地方？你是知道的，丘吉尔原始森林里栖息着超过160种野生动物，至少400种珍贵植被，它还是我们卡尔蓝市最重要的淡水资源所在地，请回答我的问题。”络腮胡望着他的眼睛。

帕里斯特脸上的笑容像雪崩一样瞬间瓦解，取而代之的是一丝不易被察觉的尴尬，他拿起水瓶又喝了一口水，就在矿泉水瓶遮住他的一双眼睛时，他不失时机地向坐在右侧的伊丽莎白眨了一下右眼，然后放下水瓶说：“霍金博士，我完全理解你的心情，你不仅是一个了不起的动物语言学家，也是一个出了名的动物保护者。这大家都知道。但我刚才说过了，这是一个每个人都赢的项目，我看不出有任何问题。”

络腮胡正要开口，伊丽莎白抢在前面说：“对不起，我要打扰你们一下。”然后快速看了眼右手腕上的手表，目光转向市长：“市长先生，您有一个重要会议要马上参加。”

“哦，我都忘了！”帕里斯特迟疑了一下，问道：“现在几点了？”

“三点五十六分，您只有四分钟的时间准备了，这是一个很重要的会议，市长先生。”伊丽莎白提醒道。

“你看我怎么忘了，都怪我，没有安排好时间。实在抱歉，霍金博士，我们下次再谈好吗？”边说边站了起来。

“可是，可是你还没回答我的问题呢？”络腮胡有些猝不及防。

“这是我的卡片，随时打电话给我。”帕里斯特说着，像老友一样拍了拍络腮胡的右肩，然后接过伊丽莎白递过来的发旧的深褐色公文包。

“谢谢您今天的光临！霍金博士。真是抱歉，市长先生今天还有至少四个会议等着他呢，我下次会尽量给您安排多一点时间，我保证。这可真是忙碌的一天啊，早上冲的咖啡到现在还没来得及喝上一口呢！”伊丽莎白抢上一步，站在络腮胡和帕里斯特之间，嗲声嗲气的语调里隐约透露着一丝抱怨。

络腮胡就这样又一次无奈地离开了市政府大楼。

回到家已经是傍晚。跃飞看到络腮胡阴沉着脸，就知道他又白跑了一趟。跃飞想要安慰他，正要张口，一声尖锐的叫声从户外传来。没等他们俩跑到门口，叫声又传来好几次。两个人站在门外，很快就判断出方向，正是三十千米外的丘吉尔原始森林。络腮胡很肯定地对跃飞说：“一定是白头鹰，而且是一只成年雄性白头鹰”。说完，他就跑回房间取外套。

雪地摩托车在白茫茫的雪地里，在夜幕之下，很快留下巨大的车轮印。跃飞大声地对络腮胡说着什么，络腮胡不停地点头，还伸出右手大拇指在跃飞眼前晃了晃。

第八章

雪地摩托车驶出大约十五千米，络腮胡把摩托车停在一棵大松树下，他取了单人雪橇和手套，跳下车。此时，跃飞已经飞到空中，盘旋了两圈，便向着偏西北的方向飞去。白头鹰的尖厉叫声时不时会回荡在空中，只是叫声比先前弱了一些。跃飞不到一刻钟的工夫已经飞到工地上空，在黯淡夜色的掩护下，跃飞大胆地在半空快速盘旋了几圈后，向着西方箭一样斜刺俯冲下去，冲入森林里不见了。原来，他发现了一胖一瘦两个男人正在雪地里吃力地追逐前面不到三百米远的一只受伤了的白头鹰。跃飞再次降低飞行高度，保持着一百米远的距离跟在后面。雪地上留下了一串不规则的鲜红色血迹。无法飞起来的白头鹰扇着翅膀向前踉跄地冲去，身后扬起一层层像水帘一样的雪沙。瘦高个男人越来越靠近白头鹰。白头鹰仍然奋力向前，几次头重脚轻地跌倒在雪地里，又站起来跌跌撞撞地向前挪，它的翅膀不再像刚才那么有力，翅膀扇动的频率也下降了不少，偶尔发出一声短促而悲怆的叫声……显然它已经筋疲力尽，在做着最后的挣扎。

眼前的这一幕曾经是多么的熟悉啊！可现在却灼烧着跃飞的眼睛，他感到有一股热流直往脑门涌。他急速挥动翅膀，向着身前的矮胖男人飞去。就在他几乎碰到那个家伙的背脊时，电光火石之际，跃飞忽然脖子大幅上仰，收起双脚，猛地加速几乎是贴着男人的后脑勺，七十度仰角窜上了天空！那个男人被脑后突如其来的一阵阴风吓慌了，缩着脖子顺着惯性一头栽进雪地里，受到惊吓的他，跪在雪地里抱着脑袋回头望去，却什么也没有看见，又前后左右看了一遍，呆若木鸡地愣了几秒，缓过神后，趔趄地站起身来，边追赶身前的同伴边喊：“有鬼啊，等等我，等等我！”跃飞在空中盘旋了两圈才冷静下来，连不迭后悔自己方才的失控行为，“真是头脑发热！刚才差点就毁了和络腮胡商量好的计划！”跃飞埋怨自己。

不到五分钟，前面的高个男人追上了白头鹰，他一脚踩住它左边的大翅膀，白头鹰奋力挣扎，男人举起手里的猎枪，朝着它的身体就是一枪，白头鹰无力地挣扎了几下躺在雪地里不动了，四周很快被鲜血浸红。他把枪管朝下插到雪地里，双手扶着枪托弯着腰喘着粗气，身后的胖子追了上来，撞在高个男人的肩膀上，瘫倒在地，嘴里还念念有词。高个子被这猝不及防的一撞，像树干一样斜着倒在雪地上。

两个家伙骂骂咧咧地站起来往工地走去，跃飞绕到他们身后，一路保持大约两百米的距离。高个男人拿着猎枪在前面走，胖子拎着白头鹰的两只脚在后面跟着，一路走留下一路血迹，身后的跃飞从高处看得清楚，他感到头晕想要呕吐。一会儿，他们到了工地，高个男人先进了一间工棚，胖子紧随其后。跃飞向四周望了望，躲到工棚的窗下。

“这该死的白头鹰，累得老子要死！”高个子喘着粗气说。

“谁说不是，我他妈被一阵该死的阴风也吓得差点丢了半条命！”

“你说你他妈有什么用！”

胖子没应声。

“刚才差一点儿把老子的腰闪了，你这个冒失鬼！”高个子显然还在抱怨胖子刚才撞倒了自己，似乎还不解气又愤愤地说：“要是让我发现你今天又偷懒，我扒了你的皮！”

“谁偷懒谁是孙子！”

“好了，好了，小点声不行吗？克鲁斯！”

“嗨，你怕啥！头儿今天不在这里，下午不到两点，他就匆匆开车走了。听说上头有急事，被叫到市里去见什么大人物了。临走时胡子刮得干干净净，还穿着一套西服离开的，瞧他那熊样，还穿西装打领带咧！”克鲁斯不屑一顾地嘟囔着。

“这可不同寻常，你怎么知道的？”高个子问道。

“当然是乔治的跟班——索罗斯告诉我的啦。”

“你看我的脑子！你和红鼻子……索罗斯都是德克萨斯人，我怎么忘了这个。对了，克鲁斯，你知道乔治去多久？他要是周末之前都不回来的话，咱们就快活啦！”

“这个我可不知道，但愿他永远也不要回来！要不然咱们周末又要加班了不是。”

“该死的，一提加班我就生气！自从到这儿的第一天，一个周末都没有休息过，这可真该死！干了这么多年，这可是头一回碰到这种事儿！听我说伙计，我当然不会抱怨加班费，我是说，咱们他妈的连卡尔蓝市长长什么样都不知道呢！”高个子声调高了起来。

“吉姆，你是不是赌瘾又发作啦？听说这里的姑娘长得很漂亮？”克鲁斯坏笑着说道。

“去你的！快去帮我找把刀来，顺便找口大一点的锅，咱俩今晚吃这美味！瞧这家伙真是该死的大，我看足有十多磅重！”

跃飞听到克鲁斯的脚步和拉门的咯吱声，赶紧躲到屋子后面。

回去后，跃飞把所见所闻一五一十地告诉了络腮胡。两个人面对面地坐着，表情严肃地望着对方。一会儿他们脸上几乎是同时露出了相同的微笑。

第二天一大早，跃飞就飞到了工地，到处静悄悄的。大约到了九点左右，工人们陆陆续续从工棚里出来。有人三三两两围着聊天，有人晒太阳，炊烟也渐渐多了起来。一整天下来，除了工人进进出出，工地始终没有机器的轰鸣声。

星期天也是这种情况。到了傍晚，就在百无聊赖时，跃飞听到远处有汽车的发动机声。紧接着，一个工人从树丛里蹿出来大喊：“乔治和索罗斯回来啦！”几个在户外闲逛的工人马上往各自的工棚奔去。不到一分钟，一辆深蓝色皮卡开进了工地，停在最右手边的那栋较大的工棚前。先是从驾驶室钻出来一个矮胖子，他缩着脖子一溜烟就进了工棚。右侧的车门被推开，一个身材高大穿着浅蓝色西装的家伙从车子里钻出来，右手抓着一个发旧的深褐色公文包，左手插在裤兜里，站在皮卡前左右张望："这不就是那天在工地和络腮胡说话的那个家伙吗！"跃飞差点叫了出来。乔治表情严肃，嘴巴上下蠕动着，像是念叨着什么，只听见"呼"的一声，车门被重重地关上，他也进了工棚。

接下来的几天，络腮胡每天都至少打十几个电话到帕里斯特的办公室，约他再次见面，但接电话的人永远是伊丽莎白，她每次都有各种听上去合情合理的理由，总之都是市长最近太忙，实在抽不出时间，"事实"只有一个，但理由从来没有重复过。

跃飞这边也没闲着，每天早上天还没亮，他就早早地到了工地。工人们井然有序地工作着，跃飞的目光死死地落在乔治和索罗斯身上。他们每天都和工人们一起工作，乔治总是早早地第一个从工棚里出来，头戴着安全帽，手里拿着本子，挺着胸昂着头在工地上走一圈，偶尔停下来记录着什么。索罗斯和其他工人没什么区别，也在工地上干活，只是每天干不了几个小时就不见了踪影。工人们像是躲瘟疫一样躲着他，索罗斯唯一的朋友就是克鲁斯。每天都是这些单调的琐事，跃飞有些失望。当晚，两个人讨论到半夜，最后决定联络卡尔蓝市的环境保护组织。

由于络腮胡在动物语言和环境保护领域长期积累的声望，只过了一周，络腮胡提交的报告就得到了卡尔蓝市环境保护组织董事会的全票表决通过。董事会决定从明天……也就是周三开始，安排十五个人，带着“停止破坏森林”“白头鹰在哭泣”之类的标语，到工地现场静坐示威。

每天快中午时，义工们连同络腮胡就坐在工棚前，直到傍晚工人们下班。乔治从一开始就试图劝说络腮胡带着大家离开，说什么工地很危险，没有人可以保障你们的人身安全，等等，还说这是市政府批准的合法项目，要抗议也应该到市政府大楼那里才对。络腮胡大部分时间什么也不说，只是当乔治说这是市议会批准的项目，而且强调得到了绝大部分议员支持时，络腮胡就急了，直接质问他，你是建筑方的施工主管，你是怎么知道这些的？问得乔治一下子哑口无言，然后说了一大堆没头没脑的话，悻悻地走开了。

过了三天，有一个女记者来采访了十几分钟。又过了两天，也就是周一下午，一下子来了三个记者。

其中有一个是卡尔蓝市最有影响力《太阳报》的见习记者，这个金黄头发的年轻人，穿着印有《太阳报》标志的夹克，在采访完了络腮胡之后，兴致勃勃跑去采访乔治，乔治没有给他好脸色，粗鲁又不耐烦地对他说，自己很忙，没空接受采访之类的话，说完，甩袖扬长而去。青年手拿麦克风，站在风里，不知如何是好。等三个记者都走了，天也快黑了。乔治从工棚里出来，找到络腮胡说，想单独和他谈谈。两个人的谈话从他们紧绷的表情就能看出来，并不愉快。聊了大约十分钟后，乔治有些激动地在络腮胡面前做了一个不耐烦地挥手动作，眼睛瞪得像铃铛一样大，然后把安全帽摔在地上转身走了。

当晚，跃飞问络腮胡当时发生了什么，络腮胡把乔治的话绘声绘色地重复了一遍："你们这些家伙的抗议严重影响了我们工程的进度，属于违法行为，我要把你们和环境保护组织一并告到法庭，到那时，你后悔就来不及了，霍金博士！"跃飞问络腮胡是怎么回答的，络腮胡先是清了清喉咙，然后把手插进裤兜，昂着头神气地对跃飞模仿："希望在法庭也能看见你的黄色安全帽，乔治先生！"跃飞听完笑得前仰后合，眼泪都流出来了，说："今天才发现你还有当演员的潜质哩！”

接下来的几天，卡尔蓝市的主要几家报纸都在第三或第四版小幅报道了当地环境保护组织抗议这件事。周五晚上，络腮胡和跃飞像往常一样打扫卫生，收拾动物们吃剩下的饭盒，络腮胡的手机在隔壁的实验室响了，络腮胡没在意，继续干活，手机连续响了三次。“谁这么晚打电话？”络腮胡有点纳闷，放下手里的扫帚，走了过去。跃飞等了一阵儿不见络腮胡回来，过去找他，刚迈进门就看见络腮胡一手扶着桌子，右手听着电话神情严肃，“你叫什么名字？”络腮胡的声音很大，“你到底是谁？不要挂电话，我得要先知道你是谁才行！”话音刚落，络腮胡的手机里传出来挂断电话的“嘟嘟嘟”声。

第九章

当晚，两个人讨论得很激烈。跃飞不赞成络腮胡单独去见电话里的神秘人，说那样太危险，可络腮胡执意要去，还举了一大堆必须去的理由。执拗不过络腮胡，跃飞说，我们在明处，神秘人在暗处，如果络腮胡执意要去，他有两个条件。络腮胡问是什么，跃飞说首先咱们指定会面地点，这是其一。另外就是在会面之前，络腮胡必须事先通知一个自己信任又可靠的人，万一出了什么事，就马上报警。络腮胡说，那是个没有来电显示的号码，还笑话跃飞，说他想得太多了。跃飞开玩笑回击说，你是动物专家，但我了解人类比你多。还说，咱们就以静制动，等那个家伙再打电话过来。络腮胡问，你就那么肯定他还会打来电话？跃飞做了个鬼脸说，只要咱们不停止抗议，我保证他还会打给你。两个人你来我往，又开了一阵儿玩笑，最后达成一致就各自回房间睡了。

仅仅过了一天，果然，那个神秘人晚上又打来电话。这一次络腮胡是有备而来。两个人在电话里你来我往讨价还价，络腮胡耐心地和他周旋……看着站在一旁的跃飞，他死死咬住必须自己指定见面地点的条件。对方起先不同意，跃飞在一旁直摇头示意络腮胡不要答应。然后络腮胡说话的语气再次变得坚定，丝毫没有回旋的余地。那家伙在电话那端安静了几秒后就妥协了。挂了电话，络腮胡冲到跃飞面前，一把抱起他，举到自己头顶，激动地双手前后摇晃着跃飞，“早知道，我真应该带你去见那该死的帕里斯特！”

下午快两点，正在换衣服准备出门的络腮胡看到跃飞走进他的房间，惊讶地问：“嘿，你怎么会在这儿？咱们昨晚不是说好了吗？”

“我反悔了。”跃飞笑着说。

“为什么？你得留在工地，现在是非常时刻，说不定咱们能有什么新收获呢。”

“或许。”跃飞抿了一下嘴角，接着说：“可我管不了那么多了，你的人身安全更重要，我必须得和你一起去！”

“能有什么问题？！我和那家伙在市中心见面，又是下午五点。你快回去吧！”络腮胡边穿外套边说。

“不要再说了！我主意已定，是不会回去的。相信我，多一个人会多一份安全。再说，我也不会影响到你，谁会想到一只大雁是你的同伙呢，对吧？在你到达那家咖啡馆之前，我会在空中侦察情况，你看到我点头，代表一切安全。如果我使劲摇头，千万不要进去，记住！”跃飞盯着络腮胡。络腮胡嘴巴蠕动了一下想要说什么，欲言又止。他走到跃飞面前，单腿跪在地上，伸出右手，轻轻地抚摸跃飞的小脑袋，过了几秒钟说了三个字：“谢谢你！”

从这里到市区大约一个半钟头，他们决定提前一个小时到咖啡馆附近，这样跃飞可以早早观察周边情况。跃飞坐在副驾驶座直到进了市区，络腮胡才停了车，把他放出去。还不到四点，络腮胡已经把车停在了咖啡馆街对面的大约三百米远的停车场。周六的下午，阳光还不错，过往的行人川流不息，络腮胡拿着望远镜观察每一个走进咖啡馆的人。四点五十五分，一个穿着灰色风衣、围着深红围巾、戴着墨镜的中等身材男人出现在咖啡馆门口，左右张望了一下就推门进去了。络腮胡推开车门，望向天空。空中盘旋的跃飞正在向他不停地点头，络腮胡向跃飞扬起大拇指，随手取了公文包，向咖啡馆走去。

戴墨镜的男人坐在咖啡馆最后一排光线昏暗的角落里，络腮胡快步走上前，他示意络腮胡坐下，开口说："您就是大名鼎鼎的霍金博士吧，很高兴今天见到您！"说着摘掉了墨镜，"你不介意我检查一下你的随身物品吧？"

"不介意。"

陌生人先是打开了络腮胡的公文包，然后很利索地把络腮胡全身搜了一遍，说道："很好，博士！"

"你是谁？"络腮胡开门见山地问道。

"我是谁并不重要，霍金博士。重要的是我有好消息带给您！"陌生男人脸上露出了狡黠的微笑。停顿了几秒，他接着说："我听说您的研究正处在非常关键的阶段。我很抱歉，您提交给政府的经费报告没有得到批准。真搞不懂，这么有价值的研究，那些混蛋为什么不批？不过话说回来，那对于政府可真是一笔不小的预算哟。"说完他看着络腮胡。

"你怎么知道这些？"络腮胡面露惊讶，同时心里暗想，这些家伙都是超级演员。

"我还知道您的心愿是——"，他有意停顿了一下，"有朝一日去亚马逊原始森林研究那里的野生动物，可我猜那得需要一笔很可观的费用吧？政府永远也不会赞助这样的事，他们关心的永远只有选票。”陌生人边说边摆弄着手里的墨镜。

“你到底是谁？要是你还不说，那很抱歉，我得走了。”说完，络腮胡站了起来。

“霍金博士，您别急啊！您先坐下。”陌生人急忙站了起来，右手轻拍了络腮胡的肩头。看着络腮胡黑着脸坐下，他才坐了下来，“跟您直说吧，我只是个传话的，我根本不知道背后是什么人。再说我他妈也不关心，只要他们付我钱就好了！”刚说完，陌生人觉得自己有些失态，忙补充道：“对不起，霍金博士，我不应该说脏话。”

络腮胡一言不发地望着他。

“让我直截了当地说吧，博士。”陌生人环顾了一下左右，把椅子前移了一点，上身向前探，压低声音说道：“如果您停止抗议，也不再追究那个项目的话，您会得到提交政府的那笔经费。别误会，我是说，得到相同金额的经费。”陌生人喝了口咖啡接着说：“并且，您还能够得到一笔数目相当可观的研究经费，那笔钱足够您在亚马逊森林研究几年的，您觉得怎么样？”他有意把“亚马逊森林”五个字拖得很长很重，眼睛里像是要流出泪水来。

络腮胡看了陌生人一眼，随即把目光投向窗外，他的喉结不易察觉地蠕动了一下，去拿咖啡的右手不小心碰到杯子的边缘，满杯的咖啡摇晃了一下，顺着杯壁的椭圆把手流下来。络腮胡赶忙用纸巾去擦，却不小心打翻了整杯热咖啡。看在眼里的陌生人马上递上一叠纸巾问："没事吧，博士？"

"我没事。"络腮胡低着头接过纸巾。

"您觉得怎么样？"

"我想去趟洗手间。"说完，络腮胡站了起来。

络腮胡不知道自己是怎么找到洗手间的。进了洗手间，他一动不动站在镜子前望着自己有一分钟。他拧开了水龙头，水流如注，哗哗哗地冲击着水池底部，溅起一些水花落到大镜子上。过了一分钟，他才意识到流水，他弯下腰，把接到手心的水泼到脸上，溅起的水花打湿了他发白的鬓角和袖口。络腮胡这样连续做了八次。当他关掉水龙头，重新站直在镜子前：满脸都是水，前额打湿了的两搓头发掉下来遮住了右眼，朱红棉衬衫的领口和前胸湿了一片。他怔怔地又站了两分钟后，转身从左侧墙上黑色的塑料纸巾盒里抽了几张纸，把脸擦干，然后整理了一下凌乱的头发。络腮胡把双手攥成拳头在胸前有力地挥动了一下，然后十指张开，又攥成拳，再张开，这么反反复复十几次，他拍了拍衬衫的衣襟，胸膛挺得高高的，对着镜子里焕然一新的自己微微一笑，迈着大步离开了洗手间。

看到络腮胡走过来，陌生人马上挂断了电话，他正要开口。络腮胡抢先说："谢谢你刚才开出的条件，的确很诱人。"陌生人紧绷的脸上露出了笑容，络腮胡接着说："不过，我不会接受你的条件！"

那家伙愣了一下，还以为自己听错了，又问了一遍。当络腮胡重复了一遍后，他的笑容像冰一样凝结了，脸色变得难看而不自然。

"我建议您回去再考虑一下。或许您今天不在最佳状态。瞧，您刚才打翻了整杯咖啡。我是说，您心里或许有别的事。我不急，可以随时等您的回复。"他双手比划着，笑容比政客还灿烂，还想接着说。络腮胡打断了他："听着先生，我已经决定了。如果你没有什么要说的，我得走了。"

"等一下！"陌生人的语气不再像刚才那么客气，"实话跟你说吧，博士。要是您继续抗议的话，韦斯特公司将会把你告上法庭。别激动，博士，先听我把话说完。我可不了解您的处境，我只是一个传话的中间人。或许你做的事是对的。但是你想，韦斯特可是跨国公司啊，他们有的是钱，可以请全世界最好的律师。退一万步讲，即使他们公司输了，官司也要拖上三五年，您可拖不起，是吧？我是说，您那么忙，哪有时间和他们这样耗下去。您说，我说得对不对，博士？依我看，最好也是最简单的办法就是：拿到这两笔钱，继续做您的研究，然后实现您的毕生心愿，去亚马逊原始森林研究动物。您觉得呢？”不知从什么时候起，陌生人脸上又堆起了笑容。

“你，你这是在威胁我！”络腮胡的脸憋得通红，双手握成拳，“回去告诉你的老板，起诉我吧！”络腮胡抓起公文包，站了起来。

络腮胡的反应显然让陌生人有点措手不及，不过他马上冷静了下来，也站了起来：“博士，博士，您别急呀。要是我说错了什么，我向您道歉，您千万别介意，我知道您很忙，就不打扰您了，这是我的手机号，您随时联系我！”陌生人说着，一边从风衣内的口袋里掏出一张小纸条，恭恭敬敬双手递给络腮胡。络腮胡还在气头上，看也没看他一眼，身体斜斜地面向窗户。陌生人尴尬地站着，伸出的双手定格在空中，不知该如何是好。就在这时，络腮胡的余光里看到盘旋在半空的跃飞，他忽然想起了什么事，定了定神，然后转过身，从陌生人手里接过了纸条，语气也缓和了下来：“那好吧。”

“这就对了，博士！”陌生人喜出望外，“那我就等您的好消息啦！”可怜的人呐，不到一个小时里，他的心脏经历了过山车一样的大起大落，尤其是那张滑稽而百炼成钢的脸。

两个人握了手，络腮胡拎着公文包先离开了。

大约两个钟头后，络腮胡先到了家。他站在门口，时不时地望向已经完全暗下来的天空，除了满天星星之外，什么也看不见。起先，他还只是安静地站着，时而四处张望。大约半个钟头后，络腮胡进屋取了手套、鸭舌绒帽和手电，一个人向着开阔的北面走去，几分钟后，他又回来了。就这么反反复复地走了三趟，他的步子看上去也没有刚才那么稳健了。有两次，他差点摔倒在雪地里，还时不时地用手电照左手腕的表。是的，他担心跃飞的安全。“过了这么长时间，应该回来了呀，是不是出了什么事了？不会的，不会的，这家伙遇事冷静，不会有事的！”络腮胡一遍又一遍地安慰自己。

一个钟头后，跃飞终于回来了。络腮胡悬着的心才落下来。

“可把我急坏了，还以为你出事了呢！你怎么这么晚才回来？”没等跃飞开口，络腮胡急着问道，语调里又显露出一丝关切的责备。

“嗨，说来话长，先帮我取下脖子上的针孔摄像机。原本是跟在你车子后面的，后来转念一想，为啥不跟踪那个家伙？说不定能搞到什么有价值的情报呢，于是，我当机立断调转方向一路跟踪了那个家伙，总算没白浪费时间。”

“你发现了什么？”络腮胡一边取跃飞脖子上的摄像机一边问。

“是这样的，那家伙大约开车半小时到了一处三层楼的大房子车库前，那房子三面被大树围得严严实实的。他鬼鬼祟祟按了门铃，很快一个男人把门打开一道缝，探出头四处望了一下，然后招呼陌生人进去了。透过灯光和窗帘，我隐约看到他们俩站着交谈。不一会儿，一个身影忽然两只手在空中幅度很夸张地比划着，另一个人始终低着头。我什么都听不见，真该死！急得我团团转。那家伙少说也是一个小时后才出来，然后一溜烟就开走了。幸亏咱们事先准备了摄像机，快看看里面有什么！”跃飞迫不及待地说。

络腮胡随即把黑色拇指指甲般大小的摄像机连接到了电脑上。很快络腮胡找到了跃飞所说的大房子，然后把画面暂停在那个男人开门的一瞬间，虽然是夜里，但是透过门打开时室内散发出来的光线，那个探出头的男人的五官还是依稀看得清楚，跃飞急得乱跳，“就是这个男人！你把图像放大。”放大之后，络腮胡说仿佛在哪里见过这人，却又一时想不起来。他闭上了双眼，双手放在脸上，指尖深深地插入头发，上下不停地搓动着。房间里忽然静得连两个人的呼吸都听得到。

“我想起来了！想起来了！”络腮胡挥舞着双拳，又蹦又跳大叫起来。

“他是谁？”跃飞吓了一跳。

“市长帕里斯特！”

第十章

两个人兴奋了一夜。星期一早上，络腮胡迫不及待地告诉跃飞，他要去报警，说完拿起了手机。

“等一下博士，咱们还不能报警！”

“为什么不能？咱们有了他的照片，还有正在开工的工地，他完蛋了！”

“你想过没有，这张照片对于警察有多大意义？市长可以随便找个理由说，是一个朋友来访，或者其他什么的。他甚至可以反咬咱们一口。我的意思是，他可以说你偷拍侵犯了他的隐私权，要么指责你是受人指使，别忘了，博士，现在可是敏感的竞选期，他可以找出一大堆理由说是他的竞争对手干的。还有，丘吉尔原始森林的工程可是黑白纸字经过多数市议员通过的合法项目啊！这些家伙可都是多年摸爬滚打的政客，咱们没有十足把握最好不要采取行动。”跃飞望着络腮胡说。

络腮胡缓缓地放下了手机，“那你说怎么办？难道咱们没有办法阻止这个混蛋项目？”

“我倒有一个主意，博士。”他在络腮胡耳边耳语了一阵儿。络腮胡脸上又露出了笑容，指着跃飞打趣地说：“你这家伙不做侦探太可惜啦！”

周二上午十点，络腮胡拨通了陌生人的电话。铃声只响了第一声，电话那边就接了起来：“早上好！霍金博士。”

“我想了一夜，同意你的条件。”

“太好了！电话里不方便，咱们今天在老地方见，怎么样？”

“今天？”

“对，就今天！你有问题吗，博士？”

“喔，没问题。”络腮胡看了一眼跃飞回答。

“好极了！你看，三点，可以吗？”

络腮胡犹豫了一下，站在一旁的跃飞直摇头，络腮胡说：“我手头有些事要完成，五点，怎么样？”

“好吧，那就五点准时在那儿见！”

两个人在那家咖啡馆谈了差不多一个小时。其实他们反复谈同一个问题……两笔钱的支付方式。络腮胡坚持要现金，他说那样不用缴税。谈话的中途，陌生人到外面打了一个电话，最后他同意所有的资金都是现金。双方约定周四下午两点在16号环城路旁的一个废弃的加油站见面。起先，陌生人不同意，希望明天就见面。但络腮胡坚持自己明天有重要的工作，不能取消，陌生人只好同意了。络腮胡同时答应了他开出的附加条件：在接下来的两天里取消抗议活动，也不能再接受任何媒体的采访。临走时，陌生人开玩笑说："霍金博士，您看上去很适合从政！""真的？我可一点兴趣也没有。"络腮胡想也没想回答道，却心想，我宁愿每天和棕熊在一起，也不愿和政客打交道。

跃飞和上次一样，跟踪了这家伙。但这次他没有去市长家，而是一路向东开了大约四十分钟，进入一个到处是胡桃树的社区，绕来绕去把车停在一栋单层房子的车库前。他没有直接下车，而是打电话。一会儿，跃飞看到有两个大约五六岁大的女孩从房子里跑出来，一个女人站在家门口，那家伙马上挂了电话从车里钻出来，快步迎上去，跪在地上，张开双臂把两个孩子抱在怀里，左右亲吻着两张笑脸进了房子。

周三一大早，络腮胡拨通了卡尔蓝市警察局的电话。上午十一点他就已经坐在警察局长弗格森的办公室里了。大约两个小时后，络腮胡在一名警员的陪同下，从警局的职员通道离开。然后，络腮胡又去了《太阳报》，见到了总编辑帕金斯，亲手把针孔摄像头交给了他。

直到星期四午饭前，络腮胡度过了他人生中最漫长的两天。跃飞何尝不是这样……两个晚上，他都奇怪地梦到帕里斯特长着两个脑袋对着自己大笑，络腮胡被投进了监狱。还有丘吉尔原始森林里长出来的参天“巨兽”……一栋栋豪华别墅。深夜惊醒后，就再也睡不着了。他压根没敢把这梦告诉络腮胡，虽然好几次话到嘴边却又咽下去了。

人们都说梦和现实是相反的。下午两点发生在废弃加油站的事情恰恰验证了这一点。仅仅一天后，卡尔蓝市的多家报纸的头版头条都是市长受贿的丑闻。接下来每天的报纸都有关于市长和丘吉尔原始森林内工程的消息。一周后，帕里斯特宣布辞职。愤怒的市民上街游行，要求立即暂停丘吉尔原始森林里的工程。有些市民自发地来到工地现场静坐，记者们忙碌地穿梭在市民和上班的工人中，把这里挤了个水泄不通。两周后，新上任的代理市长在就职演讲中宣布，丘吉尔原始森林里的房地产项目将永久关闭。

看到这一消息后，跃飞落到络腮胡的肩膀上，面对着他，张开双翅，胸前灰白色的短羽毛紧贴着他的脸，长长的脖子压在络腮胡的头顶，大叫："咱们做到了！咱们做到了！！"两个人像孩子一样大喊大叫了好一会儿。当天晚上，络腮胡喝了很多葡萄酒，他中途还去洗手间呕吐了两次。跃飞也破例喝了一点……如今自己的身体完全不能适应人类的食物，他知道这么做很危险，但还是忍不住喝了几口。喝醉了的两个人，聊了很多，跃飞不知什么时候同络腮胡讲起了关于妻子和两个可爱的孩子。他隐约记得上一次喝醉好像还是高中毕业时的事了。络腮胡也第一次和跃飞谈到了五年前去世的妻子，说到伤感处，他哽咽了，嘴唇上下微微颤动着说不出话，然后把头转向了窗外……

回到房间，跃飞躺在床上，眼前模模糊糊出现了一些不连贯的画面，既远又近：妻子搂着两个孩子久久地站在客厅的落地窗前，窗外是白茫茫的一片，远处光秃的树干静静地挺立在那里，冬天看上去才刚刚开始……

转眼圣诞节到了，络腮胡把家里布置了一番，绕在房子屋檐下的一圈彩灯昼夜亮着。经过了一个多月的休养，演兰的伤口愈合了。这几天，她已经可以同跃飞一起飞了。尽管跃飞劝她再多休息一段时间，她笑着说可以几天不吃东西，但不能不飞翔，自己实在是太想念蓝天了。络腮胡还是每天开着他的雪地摩托车，哼着他的歌，穿梭在森林里，跃飞和演兰飞在他的上空。有时风大，他们俩就飞得更高，那里的气流能够把他们托在空中，而不用挥动翅膀。远远地望过去，他们俩就像翱翔在天空里的两个风筝，忽左忽右，随风舞蹈。

新年的第一天下了一场大雪。傍晚时，演兰找到跃飞说，有事想和他谈谈。当天晚上，两个人聊了很久。演兰说，她的伤完全好了，她打算后天一大早飞往墨西哥的特奥蒂瓦坎……那里是她和她的家族世世代代生活的地方。她还说，永远也不会忘记跃飞的救命之恩。跃飞怔怔地看着转身离开的演兰，什么话也没来得及说，也一时不知道该说些什么。或者在完成了保护丘吉尔原始森林的英雄壮举后，他还沉浸在那巨大的满足和喜悦里，虽然他只是幕后英雄而已。

当晚，跃飞失眠了。有的时候，他感觉快要睡着了，可是忽然演兰走到他面前，只是看他一眼，然后什么也不说就走开了，这样的画面无数次地出现，到了下半夜，精神恍惚的他都弄不清楚这到底是梦还是现实。

早上醒来，吃早餐的时候，络腮胡问他，为什么你的眼睛红了？跃飞也不回答，只顾着吃饭。络腮胡开玩笑说，是不是因为这几天连续输棋失眠啦？跃飞头也不抬说不是。早饭后，络腮胡还是开着他的雪地摩托车，哼着歌，穿梭在森林里。跃飞和演兰还是在他头顶的上空巡逻。更多的时候，演兰只是独自钻入云层，自由自在振翅翱翔。有时她会一刻不停地逆风飞上半小时，然后再折返。太阳落山前，他们已经回来了。晚饭后，络腮胡找跃飞下国际象棋，跃飞说，今天不下了。络腮胡问他怎么了，一整天都不说话，还问他是不是有什么心事，跃飞只是摇摇头说，自己有点累，想休息一下。

又是一个失眠的夜。

今晚他压根就不想睡，他用嘴巴把窗帘掀开，一个人蹲坐在窗对面的墙角，这样稍一仰头就可以看到窗外满天的星星。这让他想起了小时候：夏天里，总是和街坊的小伙伴们打完篮球后，一起坐在狭窄巷口旁五米远的土堆上数星星……那儿正是王老二家破旧的院门。一个夏天又一个夏天过去了，从来没有一个人数得清楚天上到底有多少颗星星。或许因为这笔“糊涂账”，成年后的他，在周末或假期里，结束了和伙伴们一整天的登山后，睡前总是要躺在帐篷里，仰望着星空，掰着手指数星星，直到睡着。跃飞再清楚不过，森林里的夜除了可以看到更多和更闪亮的星星外，还能看见横跨天际的壮观的银河带。而在城市里，银河带早已被光污染和喧嚣驱赶得无影无踪。

他的目光偶尔落在眼前这个温暖的房间，跃飞脑海里浮现出了第一次溜进来的惊险情景……快速落下来的电动门差点就要了他的命。想到这儿，他的双颊爬上了一丝浅浅的微笑。这时，他想起了最近伤愈后，被络腮胡放回森林的大块头，还有一些动物和鸟。也不知那个有点傻气的大块头是不是也飞往温暖的墨西哥了？跃飞想着想着，头脑里涌出了一个念头：去看看那些在笼子里熟睡了的家伙们吧。于是，他轻手轻脚出了房间，走上小径，穿过一道道走廊，来到铁门外。跃飞不想惊醒它们，就站得远远地望过去。黑暗里什么也看不清，但不知为啥他就是想在这里站一会儿。偶尔能听到有些动物挪动身体碰触铁笼子发出的响声。“应该是下半夜了吧？”跃飞心想。他转身往回走，在经过演兰的那间房时，停下了脚步。

门是关着的，什么也听不见，跃飞怔怔地站在门口，想起了第一次在自家后院的夜里遇到她的情景……想着想着，画面就被拉拽到那只躺在血泊里、脑袋耷拉在一边胸脯微微上下起伏的大雁。跃飞打了一个寒颤，痛苦地把头埋进左边的翅膀里。

第二天早上不到七点，跃飞敲响了演兰的房间。他告诉演兰自己决定和她一起飞往特奥蒂瓦坎。演兰瞪大了眼睛，惊讶得一时不知说什么。过了几秒，眼里便流露出一丝不易被察觉的光芒。

“你为什么不留在这里呢？你和博士相处得那么愉快，你们俩刚刚才做了一件了不起的大事，丘吉尔原始森林因为你和博士的努力，又恢复了平静。我肯定，那里生活的动物们都会感激你们的！还有，你们俩是天生的搭档，只要一起努力，我敢打赌：你们一定会做出很多了不起的事情。还有……”

跃飞打断了她：“听着演兰！我已经做出了决定。除非你不想让我和你一同去。”

“不不不！你千万别误解，我当然希望你和我一同去特奥蒂瓦坎，可是，可是……”

“很好！那就没可是了。时间不早了，咱们一会儿吃过早饭后就出发。我现在就去找博士谈一谈，我还没告诉他这事。”说完，他转身离开，向着络腮胡的房间走去。

对于跃飞，说再见从来就不是一件容易的事。更何况自己身处这么愉快的氛围里，就要和一个相见恨晚的朋友说再见。演兰刚才的话还回荡在耳边。他何尝不知道，只要留下来，络腮胡会非常开心。另外，在这里时间久了，他也喜欢上了每天巡视森林，帮助络腮胡照顾受伤的动物们。还有，他只是不好意思承认……自己的确还沉浸在之前的成就里。房间里贴在墙上的那些醒目报刊剪纸，总是可以让他愉快地上床入睡。演兰说得没错，如果留下来，他和络腮胡准能做出一些像保护丘吉尔原始森林那样了不起的事来。想到这儿，他甚至开始担心，如果络腮胡再次卷入那些和政治有关的事，他一个每天和动物在一起的语言学家是万万应付不来的。还有，跃飞马上打断了自己的思绪。站在络腮胡门口足足有十几分钟的跃飞感到有一股巨大的阻力横亘在面前，每次他张开右边的翅膀敲门时，翅膀却奇怪地停留在距离红褐色门不到三厘米的地方动弹不得，这该死的三厘米就像三万千米那么遥远。正当他再次鼓起勇气，故意让身体前倾，就要碰触到门时，门忽然开了，跃飞猝不及防，顺着惯性一头栽了进去。站在门口的络腮胡吓了一跳："你怎么啦跃飞，没事吧？"

他们俩的谈话就是在这种略显滑稽的早上碰面开始的。大约两个多小时后，跃飞低着头走出来，过了几分钟，络腮胡也走了出来，他的双眼里泛着掩饰不住的失望，眼底漂浮着淡淡的几缕细如笔尖的血丝。

早餐后的道别显得有点拘谨和匆忙。就像站在月台上即将离去的人们和送别的人群，原本有千言万语，却在火车突然发出的刺耳又长长的鸣笛声后的一瞬间，被冲散在空气中。这些离别的伤感和难过的情绪被压抑着却浓浓地刺痛着每个人……成年人的世界里，每个人都试图要显示和年龄相同的坚强，尤其是男人。直到有一个女人"哇"的一声大哭起来，月台上人群里马上一簇短暂骚动，然后是紧紧的拥抱，转身的背影和隐藏在背影前面的泪水，挥别在空中的一双双手，还有恋人们追赶开动起来越来越快的火车的沉重的脚步。人生有时就是这个样子：当你想以一种体面的方式结束一件你认为很重要的事时，结果往往事与愿违。就像在你结婚那天，你原本几天前就想好了要在众目睽睽之下接过婚礼主持人的话筒之后，首先要感谢的人就是你的父母，你甚至一个人连续几天在深夜站在镜子前演练了好多回……接过话筒，半转身，注视着父母，然后念出那几句藏在心底多年的话……可最后这准备好的一切却都以另外一种方式出现了……显然那不是你想要的方式，但它就是那样自然而然地发生了。

第十一章

当天他们飞了八个小时五百多公里后，回家心切的演兰还要继续飞，可跃飞说她虽然伤已痊愈，但长时间没有飞行最好循序渐进，每天逐步增加。执拗不过一再坚持的跃飞，她只好答应了。于是他们在天黑之前找了一处落脚点准备过夜，看着一整天表情严肃又沉默不语的跃飞，演兰想开个玩笑："你是不是后悔和我一起去特奥蒂瓦坎啦?"

"没有。"跃飞只吐出两个字。

"那是不是你担心博士缺了帮手?"

跃飞没有说话。

一阵儿沉默后，他走到演兰面前神情肃穆地望着她。

"你怎么这样看着我?是不是我做错了什么事情?没关系，你告诉我，我是不会生气的，这点自知之明我还是有的。"演兰俏皮地说。

跃飞先是摇了摇头，然后郑重地说：“你还记不记得，以前你两次问过我一个相同的问题，我都岔开了话题，你想知道原因吗？”

“你是说那天夜里你从梦里惊醒后对我说的那些没头没脑的话？”

“是的，我说我梦到了自己的童年、少年以及结婚后一直做过的梦，我还对你说起童年生活过的村庄，你还记得吗？”

“我当然记得。”

“那，那你为什么自从那次之后就再也没有追问过了？”

“我不想问的原因很简单，你如果想告诉我的话，你会说的。你不告诉我，当然一定有你自己的理由。”

跃飞感到惭愧，随后一阵暖流从心间流过，这是多么相似啊……竹雅就是这么体贴又善解人意的。他的喉管滑动了一下，缓缓地开口说道：“我现在就告诉你真相。听好，演兰。”跃飞的双眼里释放出一种犀利而不容置疑的光芒，“我其实，其实不是一只大雁，我是一个变成大雁的人类！”

一阵合乎情理的静，但很快演兰脸上就露出了笑容，“其实我早就猜到了。只不过从来没有听你亲口说出来。”看了一眼跃飞，演兰继续说：“你想想，当你每天和博士朝夕相处，看到你们像老友一样聊天，有些话我根本听不懂，还有那种默契和愉快的眼神，让我想起了和自己同类的交流；有时你们又不知因为什么事笑得前仰后合，我却摸不着头脑；还有，你和博士面对面坐着，中间摆着一个木板，上面还放着好多样子不一样的小木块，你告诉我那叫做棋盘和棋子，对了我想起来了，叫‘国际象棋’，所有这些事我都看在眼里记在心上。另外，博士和你说话的方式和眼神完全不同于和其他动物相处的样子。现在好了，你终于亲口承认，承认自己不是一只大雁了！”

“不要误会！演兰。我只是告诉你事实，并不代表我不尊重动物，你是知道这一点的。直到今天，只要我有片刻宁静，回忆这几个月发生的事情，我没法相信这一切都是真的！太疯狂了！我无法面对。你不知道有多少次我从噩梦里醒来，有时甚至醒不过来。太可怕了！那种绝望甚至让我不想继续活下去。正因为这样，我才始终让自己像一个疯子一样忙个不停，最好同时可以做上十件事才好，直到筋疲力尽，倒在床上就能睡着。可是，可是我做不到啊！”说完，跃飞痛苦地把头转向左边，泪水打湿了他柔软灰白相间的脖颈，顺着长长的脖颈流下来，落到宽大的翅膀上不见了。此时，夕阳正在落下，白茫茫的雪地不再显得那么刺眼。

“对不起！我不应该这么说。其实，我是想说，想说……”演兰哽咽了。

跃飞甩了甩脖子和翅膀说：“不用道歉，我明白你的意思。”他看了一眼正在落下地平线的夕阳，接着说：“来，演兰，咱们坐下来聊聊。或许这一夜都没法和你讲明白到底发生了什么，但我觉得应该告诉你。”

他们俩面对面相隔半米的样子卧在雪地里。为了让演兰更好地理解发生的这不可思议的一切，他想了一下，决定还是从那天早上出门前谈起，是的，就是从那天早上接过妻子递过来的外套说起。跃飞打开了话匣子，看他的样子就像置身事外讲着另一个人的故事一样。

对于跃飞来说，这一整夜就仿佛打了个盹那么长……一睁眼天空就泛白了。不知为什么，当把这一切一股脑地说出来后，他长长地呼了一口气，反而感到身体轻松了许多，好像卸下了一件重物。说来奇怪，这种感觉完全不同于和络腮胡交谈时的那种绝望又无助的情绪。相反，从始至终他都显得很平静，眼神清澈，他也不知道是为什么。后来细想，或许因为人是一种复杂的动物，又可能是人与人交流时，首先基于一种作为人所不能摆脱的思考方式的宿命，在这种说不清道不明的宿命里，人类的一切出发点都是从现实出发，就好像人类永远是从土地上出发一样，而不是像鸟儿从天空出发，这使人类从一出生就背负着一种沉重，直到死亡。

有那么一两次，当演兰问他问题，跃飞甚至开起了自嘲的玩笑。看着天边泛起的鱼肚白，跃飞打着哈欠对演兰说："休息一会儿吧，太阳出来后就该赶路了。"演兰没有说话，若有所思的样子。跃飞又说了一遍，演兰还是没有回应，看她的神情仿佛沉浸在另外一个世界，黑色的眼珠一动不动凝视着前方像是要从眼睛里蹦出来。

"嘿，演兰，你怎么啦？"

又是十几秒的沉默，演兰忽然大叫："哎呀！我怎么就没想起来呢！"

跃飞被突如其来的叫喊吓了一跳："什么呀，什么没想起来？"

“记得以前听老一辈说过，我们族群里有一个两百多岁的巫师，他知道在地球的北极有个叫‘邪恶’什么的，对，他叫‘邪恶先知’！没错，他无所不能，说不定能把你变回原来的模样？”

“真的？”自己的话音刚落，跃飞意识到自己的反应有多傻，这世界怎么可能有什么“邪恶先知”，那不过是作家们为不同时代的孩子们创作的神话人物罢了，自从自己上了小学一年级就不再相信那玩意儿了。

演兰显然看出了他的心思，说道：“我知道你不信，其实我也不信，但你想一想：你变成大雁这可是千真万确的事实吧，对不对，你怎么解释呢？”

被演兰这么一说，跃飞一瞬间像是被闪电击中了一样，可不是！谁会相信自己其实是人类变成的大雁？既然这种不可思议的事都真真切切地发生了，那怎么就不可能有“邪恶先知”呢，想到这儿，他嘴唇颤抖地说：“你说得太对了！我怎么就从来没有想到这一点呢”，然后打趣地说：“你该不会也是人类变成的吧？”

“我倒希望自己是。”刚说完，她暗自抱怨自己嘴巴太快了。“我是说，如果有这样的机会，我说不定也想尝试一下呢。”

“你就别笑话我了。”跃飞苦笑道，心里却在说，如果早知道会变成今天这个样子，绝对不会再打猎，哪怕是一只麻雀。我会把那该死的猎枪丢进火炉里，可这世界上哪儿有后悔药吃啊！

两个人几乎没有休息，只是简单地吃了些东西就出发了……是啊，路还远着呢。如果打算在七天后到达特奥蒂瓦坎，他们每天平均得飞行七百千米，而且一路上必须很顺利才行。

一切都还比较顺利，除了第五天风太大，他们决定白天休息夜里赶路。有好几次，当他们飞越城市上空时，总有大人和孩子们向他们招手。跃飞不想让孩子们失望，他总是滑稽地摇摆着脖子和身体，在孩子们的上空转上一圈才飞走。当他看到孩子们挥着手蹦跳着尖叫着，他的眼前浮现出相似的情景……每年春天和秋天时，当他和家人散步在公园，头顶总是飞过一波又一波的雁群。如今，一切都颠倒重新来过……想到这些，再看着虚无缥缈的前方，他感到人生都是虚幻，不可预知。明明是真实的脚踏实地的生活却一觉醒来变成了大雁，海市蜃楼那么壮观却到头来是一阵轻飘飘的风罢了。越这么想，跃飞就越觉得生命没有什么意义。

“咱们快到特奥蒂瓦坎了！”演兰兴奋地冲着他大喊，胡思乱想的跃飞吓了一跳。

“咱们这就要到了？”

“你瞧前面那片森林！”

“噢，这么快就过了七天？”他有点恍惚地说。

可不是吗？这七天的旅行像梦幻一般。每天早上太阳还没升起，他们就出发了，中间短暂休息几次，一直飞到太阳西落后，才结束一天的行程。对于演兰，是心急如焚的归家之路，可对于跃飞，这七天是他这一生中最奇特的体验。每当太阳缓缓地从东面的天边升起，它就像一位美丽而又羞涩的少女，戴着并不灼烧眼球的面纱，一点一点升出地平线。被她金黄色光芒洗礼过的周遭的朝霞像被忽然叫醒了的孩童们一般顿时活灵活现起来。一瞬间，她们魔术般褪去了平淡的睡衣，换上了橙红色的彩装。当太阳徐徐上升，穿过最近的朝霞时，聚集的光透过薄厚不一的云霞，形成万丈光芒奔跑着洒向每一寸大地。此时的太阳不再是羞涩的少女，她摇身一变，成了舞台幕布后神秘的魔术师。很快，太阳终于露出了真面目，这时，跃飞已经不能再直视它了……短短的时间，太阳就变成了至高无上、掌管天地的君主了。此情此景，让跃飞由衷地感叹造物主的神奇。

两天前当他们开始飞越墨西哥湾的时候，跃飞被那深蓝的海水和无边无际的广阔震撼了。在阳光的照耀下，起伏流动的海水折射出点点白光。海风吹拂在脸上有种湿漉漉的感觉。呈现在跃飞眼前的世界一下子变得如此简单而纯粹：一轮白白的不能直视的太阳；蓝得直让人想要躺上去的天空；然后就是深蓝的一汪海洋；偶尔有一些海鸥从他身边掠过。他情不自禁地下降高度，直到海面上空五六米的样子。瞬间海水的气息更浓了，一种淡淡的腥味和更浓的潮湿的味道扑面而来。好几次，他还看到了《老人与海》里的那种大马林鱼从面前游过！当一条大马林鱼跃出海面腾空而起，它那又长又尖像矛一样的嘴和充满力量与美感的身体让跃飞惊叫了起来。有那么一刻，他忘记了自己身在何处，忘了危险。他冲动地掠过水面，伸出的双脚居然碰到了海水。“我这是在做梦吗？”跃飞一遍又一遍地问着自己，直到演兰追上来大喊：“太危险啦，跃飞！”他才仿佛从梦里醒来，振翅飞起。

“看见前面那片蓝花楹了吗？那就是我的家！”演兰飞到跃飞的右侧大声说。

“你是说那片吗？我看见啦，太美了！真不敢相信这是真实的！你在前面带路，我跟在你后面。”

演兰点了点头，然后加速挥动翅膀，箭一样地冲了出去。跃飞一下子就被甩在了后面十几米远。穿过浓密森林前端大约两千米远的样子，演兰缓慢下降，前方不远是一个看上去一两千米宽的椭圆小湖泊，湖面上有数不清的成年大雁，和像小鸡一样散开在湖面上的小雁们，镜子一样的湖面越发映衬着它们金黄色的羽毛，闪闪发光。湖的四面严严实实地被高大而茂密的蓝花楹包围着。跃飞瞪大了双眼，使劲地甩了甩头，他没法相信自己看到的这一切是真实的。演兰回过头俏皮地眨了一下左眼，那骄傲的神情溢于言表。演兰带着梦游一样的跃飞在湖面上空盘旋了两圈，忽然，演兰俯冲下去，“咚”的一声，扎进了水面，瞬间溅起的水花打湿了身边的大雁，紧接着，是一阵此起彼落欢快的叫声。这时，惊恐的跃飞露出了笑容。“想必这都是她最亲近的人吧”，这么想着，他已经飞到演兰的上空了。演兰不停地示意他落下来，可跃飞从未降落过水面上，再说，他一直是个旱鸭子，对深水有一种天生的恐惧感。于是，他在上空摇头盘旋着。演兰只好作罢，然后伸长了脖子转头望向湖岸边右侧蓝花楹下的一片草地，跃飞立刻明白了她的意思，飞向那里。

当天晚上，跃飞找到演兰，还没等他开口，演兰说道："我明天一大早动身去海克拉，如果一切顺利的话，一周内应该就会回来。"

"你刚回来就出远门？"

"今天下午打听到族群的巫师会在海克拉待几天，只有他才知道'邪恶先知'的事情，但他向来行踪不定，我得明天出发。"

"我和你一起去！"跃飞感激地说。

"你不能去，你去了反而会把事情搞砸。他从来不见外族人，是个脾气古怪的家伙。等我的消息吧。"

"我——"

"嗨，你就在这儿无忧无虑地住段时间，说不定什么时候你会离开去北极，就再也见不到这样的地方啦。"

以这样一种方式开启一段新旅程是跃飞从来没有想过的，为此他着实兴奋了好几天。这里的一切是如此的不同，就仿佛置身于另外一个世界。有时，他只是待在草地上，出神地望着熙熙攘攘游在湖面上的雁群；有时，他躺在草地上，肚皮向上，双脚朝天，透过稠密的树叶望着幽蓝的天空，偶尔有风吹来，窸窸窣窣作响的树叶在他头顶晃个不停，像无数只小手摇曳着，殷勤地讨好着蓝天和灿烂的阳光；有时，和其他的大雁一起聊天……他有太多的问题：诸如你们在这里生活多少年了？你们在这儿没有老鹰、狼这样的天敌吗？把湖严严实实围起来的这些树是人工种植的吗？有时候，他的问题引来大家一阵儿哄堂大笑；有时，他也和那些蹒跚学步的小雁们一起翻滚嬉笑在湿漉漉的湖边。偶尔，那些褪去了金黄色绒毛的体型明显大得多的幼雁，会趁跃飞没注意，三三两两猛地冲过来把他撞入湖边的浅水中，然后跑开，躲在一旁格格地笑个不停。时间久了，大家知道了他害怕水，小家伙们就更肆无忌惮了。跃飞起先很狼狈，总是从浅水里爬起来瞪着这帮捣蛋鬼。久而久之，他习惯了这种恶作剧“游戏”，而且他也发现湖水并不那么可怕，偶尔练习着在浅水处游泳。再到后来，他明知捣蛋鬼们就在身后，只装作毫无防备，任由它们把自己推到水里。在落水的一瞬间，他会顺势添一个夸张的后仰，大张着翅膀，脖子伸得老长像一根直挺挺的黑白相间的龙头拐杖，结结实实地摔在水面上，溅起半米高的水花。大雁们笑得前仰后合，那些幼雁干脆笑翻倒在草地上到处打滚。

每一天都不是重复。从第一眼望见大片的蓝花楹和椭圆湖泊时，跃飞仿佛被一只看不见的手掏去了所有的记忆。从第一天到这里，他就没有做过一个梦。他的行为和这里的雁群没有什么区别，好像他就是在这里出生，也要在这里死亡。这里所有的大雁都立即喜欢上了他，尤其是幼雁，每天天还没亮，就有幼雁缠着他玩耍。有几回，都是深夜了，他发现身边有东西在动来动去，睁眼才发现是几只睡着的幼雁挤来挤去。

转眼到了一月底。一天深夜，演兰急匆匆找到熟睡中的跃飞。跃飞睁眼一看是演兰，睡意全无。

“你怎么一走就没了音讯，还以为你出了什么事，见到巫师啦？”

“当然啦！”演兰说：“我上午到了海克拉，他前一天夜里离开了。我就一路追赶，辗转好几个地方终于把他逮住了。中间发生了好多事，不管怎么说，这些天的东奔西跑没有白费。”演兰喝了口水接着说：“他说，北极的‘邪恶先知’是存在的，只不过最近一百多年来，没有人见到过他，时间一长，也就变成了一个令人将信将疑的传说了。在我的一再追问下，他讲了好多关于那个家伙的故事，太可怕了！哦，你看我都扯到哪去了。对了，我临走时，巫师的最后一句话是这样说的：你只有在最纯净的时候才能见到他。”

“真的？”跃飞跳到她面前，眼里迸发出一种演兰从来没有看见过的目光。与其说是凶悍，倒不如说是一个处在极度饥饿的人看到眼前晃动的一小片面包时所瞬间爆发出的巨大能量，这能量从眼睛里毫无保留地发射出来，逼视着演兰。

“应该是真的。”演兰的声音抖动在空气中。

忽然，一阵奇怪的寂静，两个人都没有说话，演兰怯怯地望着他。跃飞怔怔地僵立着，面无表情，仿佛在那一瞬间他的灵魂悄然无声地离开了他的身体，去了另外一个地方。在薄暮里，一个活生生的大雁像极了一幅定格了的动物写生，此情此景在昏黑的夜里越发显得有几分阴森恐怖。

“你快带我去见他，现在就去，我想和他谈谈，现在就去！”缓过神的跃飞又变成了刚才的模样，他吼道。

“你弄疼我了！”演兰趔趄着往后退了一步，本能地幅度很小地张开了翅膀，双眼死死地盯着跃飞。

跃飞这才注意到，他张开的双翅坚硬的边缘刚好滑过演兰的脖颈……仿佛刚才他抱着一大堆树枝一般。“对不起演兰，你能马上带我去见巫师吗？”他的话音缓和了很多，但语气里仍然是让人喘不过气来的焦急。

“听我说，你先冷静一下。巫师今天已经离开了墨西哥，没有说去哪里，他总是这样行踪不定。我这次能见到他实在是运气太好了……这可是我长这么大第一次见到他！”

“巫师走啦？”跃飞的脸瞬间变成了青绿色，“你为什么去之前不告诉我呢！”跃飞几乎在咆哮。

“你怎么能这样说话，这些天，我还没来得及休息，没来得及见我的亲朋好友，就到处打听巫师的消息。我看见你在这儿难得过得这么开心，就更不忍心打扰你。再说，我根本就心里没底能不能见到巫师。早早告诉你，只会让你心急火燎。”说着说着，演兰哽咽起来。

演兰的话就像一盆冷水劈头盖脸浇到跃飞身上，愣了一下的他开始用翅膀拍打自己的脑袋，“我错了，演兰，我怎么这么混呢，现在我才明白为什么这些天找不到你。你处处为我着想，我却说出这种狼心狗肺的话，我真该死。”

两个伙伴聊了好一阵子。演兰走后，跃飞彻夜未眠。他怎么睡得着呢？原本这些日子因为自我麻醉而产生的虚幻舒缓的生活因着演兰的一席话，掀起了惊涛骇浪。他辗转反侧，感觉浑身每个细胞都在朝着一个方向奔跑……那分明是北极的方向。演兰刚才说的话在耳边反复回荡：“从来没有人见过‘邪恶先知’，从来没有人听到过‘邪恶先知’的声音，”这让他更加焦躁不安。跃飞忧虑地望着满天的星星，忽然，他看到了一束光，它一直延伸到北面的天边，坠入一团迷离黑雾的地平线。看着看着，那团黑雾逐渐扩散开来，缓慢变淡，紧接着，他看到妻子和两个孩子站在黑雾的前面。跃飞不敢相信自己的眼睛，以为看错了，他使劲眨了眨眼，“她们在那儿！就在那儿！”他喊叫着。整个身体前倾得差一点摔倒……要不是张开的翅膀支撑了一下，他就已经结实地栽倒在草丛里了。可就在他平衡了身体，弯曲而结实的双腿向上用力一弹，挥动的翅膀即将把他送上夜空送到妻子和孩子身边的瞬间，黑雾前的三个身影消失了。跃飞忽然像是被刺破了的气球，一下子从里到外支离破碎，瘫倒在草丛里。

“爸爸！爸爸！爸爸！”雨嘉尖叫着。竹雅像弹簧一样从床上披头散发地坐起来，冲向雨嘉的房间。她把雨嘉紧紧地搂在怀里，一边抚摸着她的头发一边温柔地说：“宝贝，妈妈在这儿，妈妈在这儿。”

雨嘉醒了过来，她流着眼泪摇着竹雅大声说：“爸爸还活着！爸爸还活着！”

“妈妈知道你又做噩梦了，只是梦而已。不要害怕宝贝，妈妈会永远在你旁边。”

雨嘉停止了哭泣，她抬起头，推开竹雅，双眼直勾勾地看着她：“妈妈，这是自从爸爸失踪后，我第一次梦到他。我知道，我的爸爸还活着！你相信我，妈妈，相信我！”

“妈妈相信你宝贝，快睡吧。今晚我和你一起睡，躺下吧，宝贝。”竹雅擦了一下眼角，然后和雨嘉一起躺下了。

第十二章

第二天清早，演兰第一个发现躺在半米高草丛里的跃飞。他双腿呈一个大大的八字摊开，脑袋斜斜地歪在一边，半展开的双翅不对称地耷拉在草地上。起先，演兰惊叫了起来，惊醒了其他的大雁。很快大家发现跃飞还活着，几个年轻力壮的大雁把他抬到旁边的大树下，然后试着给他喝了一些水。

跃飞这一病就是二十多天。从那天夜里开始，他就再也没有笑过，整个人痴痴呆呆的，有时候说一些不着边际的话。他从早到晚就躺在蓝花楹树下，不管晴天还是下雨。饿了就吃点东西，渴了，到湖边喝点水。至于那群小雁，无论怎样和他恶作剧，他也毫无反应，一口破烂生锈的钟也不过如此。演兰急得团团转，却又想不出办法。直到那一天的正午。

那是一个周六的中午，太阳高挂，一切和平常一样，湖面上是成群的大雁和幼雁们，湖四周的草地上散落着晒太阳的雁群，还有一些嬉戏的家伙在湖边。跃飞照常躺在树下，偶尔吹来的一阵微风撩起他脖子上的短绒毛，远远望去像是风吹过金黄麦田的波浪，此起彼伏。忽然一声枪响回荡在森林里，湖面上的大雁们乱成一团，有些从湖面飞起，有些仓皇游向湖边，水花四溅和翅膀拍打水面的声音，夹杂着大雁受惊发出的咕咕声。岸上受惊了的大雁一股脑慌乱地冲向树林。枪声惊醒了跃飞，他倚树而坐，在混乱的现场显得格外刺眼。“呯”！又是一声枪响，刚飞到湖上空的一只大雁应声坠落。这突如其来的枪声和正在坠落的大雁像一根针一样直刺跃飞的神经。他立刻站起来，下意识回头看身后，眼睛的余光扫到湖中央上有一个金黄色的小点闪动，定睛望去，原来是一只小雁独自在湖中央！跃飞的脑袋轰的一声响，双脚用力一弹，箭一样冲向湖中央。“呯”！又是一声枪响，跃飞几乎是应声扑通栽进水里，只见一片白色水花溅得足有一米高。巨大的冲击把小雁震荡到距离跃飞大约五米远的地方，跃飞不顾一切地游向小雁。水面上已经看不见金黄色的小脑袋，跃飞一头扎进水里四处张望，很快看到小雁在自己右侧方三米远的地方，身体扭曲着正在下沉，跃飞冲了上去，迅速用自己张开的右翅把他托住，尽量保持翅膀与水面持平，拼命向上游。当他的脑袋露出水面的一瞬间，一颗子弹擦着他的双眼飞过，跃飞感觉到一股热流灼烧了双眼，他来不及多想，只是本能地望向自己刚浮出水面的右翅，小雁躺在上面一动不动。跃飞保持了同样的姿势，向着离自己最近的前方岸边游去，从始至终，他的目光没有离开躺在翅膀上的小雁。大约五分钟后，跃飞上了岸，他小心翼翼地把翅膀向下倾斜，边倾斜边抖动，小雁缓缓地翻滚着滑到了柔软的草地上。由于身体的翻滚产生的挤压，小雁忽然张大了嘴，水从它的嘴里喷了出来，接着又喷了一口，然后就有气无力地瘫倒在草地上大口地呼吸起来。看着得救的小雁，跃飞脸上露出了久违的笑容，忽然眼前的草地开始变得模糊起来，天地旋转，跃飞一头栽倒在小雁的身旁。

跃飞并没有死，只是昏了过去。刚才短短的几分钟，他拼尽了全力，耗完了体能。那一刻，他就像一位疯狂的父亲眼里只有他的孩子。那一刻，他忘记了一切，忘记了瞄准他的枪口，也忘记了自己恐惧多年的深水。过了半个小时，醒过来的他，看到小雁依偎在他的翅膀下睡着了。跃飞警惕地快速环视四周，一切又恢复到了之前的宁静。镜子一样的湖面上没有一只大雁，显然，受了惊吓的它们躲在树林和草丛里还不敢出来。跃飞的眼神满是疑惑，却丝毫没有放松警惕，他的双眼如炬，搜索着树林里草丛间的每一寸空间。当他试着扭动身体，想要观察身后情况时，感到一阵针扎一样的刺痛，他低下头，发现自己的右翅向上翘着，扭曲变形了，像是人的脚踝被外力严重冲击后扭曲了五十度一样。他下意识地想要马上检查一下双脚，却看到脚边一些去了根的鲜嫩蒲公英和一大把绿海藻。跃飞明白了一切。

事实上，当埋伏在湖边的猎人向跃飞开了第二枪却差之毫厘时，原本眼角堆起的如浅水沟一般层层叠叠的皱纹，看上去更深了。他皱了一下眉头，用右手揉了揉眼睛，不敢相信自己的失误，然后再次开始瞄准湖面。当跃飞托着小雁向上游，脑袋钻出水面，然后是长长的脖子。这时，他的脑袋稳稳地出现在猎枪的瞄准器中间，猎人的右手食指紧紧地扣在黑色月牙般的扳机上，正当他的食指像蚯蚓一样向后颤动时，瞄准镜里出现了那只躺在跃飞翅膀上的金黄色小雁。猎人犹豫了一下，又开始瞄准。空旷湖面上的跃飞一边斜着脖子注视着翅膀上的小雁，一边奋力向岸边游，跃飞的脑袋就在瞄准镜的浅黑色十字坐标上左右移动，猎人的古铜色右手食指和黑色掉了漆的扳机在微风里像定格的已经干透的油画，嗅不到一丝鲜血的气息。终于，猎人的食指松开了。他从口袋里掏出一盒烟，打火点烟的右手在风里微微颤动。过了一刻钟，他完全放松了下来，像是欣赏一幅画那样注视着跃飞游到岸边，然后缓慢地上岸，找了就近的一片看上去平整的草地，把翅膀向下倾斜，抖落了小雁，当然，他也看到了小雁嘴巴往外喷水的狼狈。总之，猎人看着跃飞看到的一切，也看到了他没有看到的。在跃飞昏死过去之后，猎人把蒲公英和海藻整齐地摆好后，点燃了一支烟，面对着湖水，静静地在旁边坐了一会儿，然后站起来，猎人低头看了一眼昏迷中的跃飞和本能往他翅膀底下钻的瑟瑟发抖的小雁，便转身离开了。

醒过来的跃飞，发现双脚有些红肿和变形的翅膀之外，并没有其他伤处。他大声地招呼着仍然躲在树林里的大雁们，告诉它们猎人离开了。当他不停地喊着这是谁家走散了孩子时，一只大雁从不远的草丛里跳起来，尖叫着冲过来："我的孩子，我的孩子！我的天！"

当天晚上，演兰问跃飞那些摆放整齐的蒲公英和绿海藻是哪儿来的，跃飞笑了笑没有说话。演兰只是看着他，跃飞问为什么这样看着自己，演兰说：“自从二十多天前你生病了，就再也没有见你笑过。”临走时，演兰让他好好养伤，还说她开始担心这个古老栖息地的安全了。跃飞问为什么，演兰忧虑地重复了族长的话：“这里从未被人类侵犯，如今来了第一个猎人”。

演兰走后，跃飞感到有点累也有些困意，右边的翅膀还在隐隐作痛，“睡着了就不痛了”，他边想边走。到了蓝花楹树下，准备睡觉，可无论换成什么姿势，就是睡不着……这可是最近一个多月来第一次睡不着觉啊。“是不是大脑太兴奋了？等一会儿应该就会好了。”他自言自语。眼睁睁地看着天上的星星从越来越亮到渐渐淡去，这时的天边四周泛起模糊的青白色，整个天空犹如一口黑漆漆的大锅，仿佛有人轻轻打开了一道窄窄的缝隙，光，外面的光涌进来，跃飞感到一阵兴奋……这让他想起多年前，有一次凌晨三点从城市出发和同伴登山的那种兴奋。也是从那次开始，他爱上了黎明，爱上了那种让人蠢蠢欲动的混沌，那种蕴藏在黑暗背后的未知，似乎分分秒秒里，那只无形的大手就能把这夜的幕布掀开。“是的，夜终究是要过去的，只要光明还在！”跃飞低声说。奇怪的是，自己的话音刚落，他感觉到那低沉的声音并没有随风消散，而是穿过了身体的五脏六腑，像海水一样以一种排山倒海之势涌上喉咙，他克制着自己，生生地把它压了下去。可仅仅过了几秒，那声音又卷土重来，这一次携带了十倍的力量，用一种不容置疑的气势和速度席卷而来。“夜终究是要过去的，只要光明还在！”跃飞的怒吼撕裂了夜空，搅翻了一面湖水，吼声在森林里回荡着。

第十三章

天刚亮，双眼充满着血丝的跃飞找到演兰。“我一会儿就离开。”他平静地说。

“你离开？去哪儿？现在？”演兰一脸错愕的表情，连珠炮似地发问。

“去北极，马上就走！”

“可是，可是你的翅膀受伤了。你不能走！就算要去，也得等到伤愈后再说！”演兰的口吻比跃飞还坚定。

“演兰，你不要劝我了。我主意已定，翅膀是小伤，不要紧。”

“你疯了吗！去往北极的路很远。何况，现在出发的时间点太糟糕。等你刚穿过美国南部，就到了今年冬天最冷的时候。我看，最早也要等到四月底出发。那时，你的伤也好了。你说呢？”

“谢谢你演兰。你说的都对，我也考虑过这些因素，但我已经决定了。谢谢你，在这儿一个多月对我的照顾，我会永远记住。祝我好运吧，再见了演兰！”跃飞说得很平静，眼里闪着泪光。

演兰欲言又止，把头转向一侧。许久，她恢复了平静，长长地吁了一口气：“你真是个倔强的家伙。我还能说什么呢。”她停顿了一下，走上前拥抱了跃飞，“祝你一路顺利，自己照顾好自己！”

同大家道别后，跃飞纵身一跃，冲向了天空。这一刻，从湖边往上望，蓝幽幽的天空里，除了一轮大太阳静静地斜挂在东边，就只有跃飞的身影闪动在空中越变越小，最后消失在微风吹动的树梢后面。

跃飞飞得很高，每挥动一下翅膀，就感到身体的右侧传来挥动翅膀带来的阵痛，可他此刻一点也不在乎。恰恰相反，跃飞感到一种从来没有过的轻松，好像身上卸下了一个大包袱。他望着前方，双眼绽放着光芒……那是希望的光芒，是他变成大雁之后第一次看到的希望！即使这希望看上去是那么渺茫，遥不可及，但这毕竟是一线希望啊。跃飞的心跳得很厉害，仿佛有一只鹿在草丛间向着东方升起的太阳奔跑。他自言自语地笑了起来：“好啊，你跑吧！我也不会停下来。”跃飞尝试着往更高处飞，这样可以飞得轻松些。加上今天运气也不错，顺风让他省力很多。累了，他就让翅膀保持平展，翱翔在空中，身后的风像海水一样，一浪高过一浪推着他向前。想喝水的时候，他就张开嘴巴，清凉而潮湿的风在嘴巴和喉咙之间游荡，就不觉得渴了。饥饿就容易对付多了，当肚子发出咕咕的声音时，他的脑海里莫名其妙浮现出多年前看到的一则地震新闻报道：一个孩子除了喝水没有任何食物，八天后被人救出时还神志清醒。这让跃飞有理由相信，三四天不吃东西反而可以使自己飞得更省力。每当感觉累了，一个声音凭空生出来，冲着他的耳朵大喊："北极，北极！"

天已经完全暗下来了。月亮不知道去了哪里，星星像躲在幕布后面怯生生的孩子，当第一个胆大地跳出来后，一个接一个受到了鼓舞都蹦了出来，直到像一块黑布的天空变得拥挤不堪。"都出来了吧？"跃飞好奇地想象着，竟然开始担心这有限的空间能否容纳更多的星星。当这种念头变得越来越强烈，他感到身体也随之轻盈了很多，越来越轻，轻得和一根羽毛一样。有时，他又感觉自己像一个气球，不断地缓缓上升，飘啊升啊，有一种去往极乐世界的快感。不知什么时候跃飞又开始担心起来，自己会不会撞上了哪颗星星。这种念头一出现，他自己都觉得荒唐可笑，其实眼下除了风之外，只有数不清的星星和这浩瀚的深不可测的宇宙了。“宇宙啊，你的尽头到底在哪里？”当跃飞这么发问的时候，他的心里升腾起了一种从未有过的敬畏，还夹杂着蔓延开来的恐惧。此时此刻的他，像一个心甘情愿的仆人，匍匐在主人脚下。这人生四十年，还从来没有一种力量让他如此心悦诚服过。看着前方闪亮的北斗七星，跃飞感到浑身充满了力量，他打了个寒颤，惊得睡意全无，又加快了扇动翅膀的频率。有那么一阵儿，他觉得自己的身体变得沉重起来，向下坠落。起初，他还以为是做梦，就是那种童年常做的梦……从悬崖上，从高处无缘无故坠落下去，越坠越快，直到从梦里惊醒，直直坐起来。一个意识不清的声音萦绕在耳边，“只是个梦而已，睡吧。”可这个声音还未落下，他就感到胸口沉闷，开始喘不过气来。眼睛不情愿地睁开一半，这一睁他几乎晕过去……眼前一片黑暗，自己的整个身体，头朝下，翅膀张开着，向着漆黑的大地坠落！跃飞本能地脖子往上仰，双脚向下蹬，活像一只就要撞上栅栏的公鸡。只听见清脆的“咔嚓”声，树干断裂瞬间产生的巨大冲击力把跃飞反弹了回去，在空中失去平衡翻滚了两圈后，他几乎是七十度仰角向上飞。吓出一身冷汗的跃飞顿时感到一阵钻心的疼，然后是火辣辣的灼烧感从双脚袭来。此刻，他才意识到刚才是一棵树救了自己一命。原来自己刚才从高空一直下坠，醒过来时，想要向上飞，但为时已晚，双脚最先撞到树干，“要不是树干，我可能就没命了！”跃飞惊出了一身冷汗，他开始缓慢下降，疼痛中倒在一棵树下，不到五分钟就睡着了。

一缕阳光穿过摇曳的树叶缝隙落到跃飞的双眼上，明晃晃的，像一面镜子。睁开眼的他发现太阳已经高挂正空。跃飞转身想要站起来，却疼痛难忍，低头看，血肉模糊的双脚上沾满了枯叶。他强忍着疼痛，试着打开翅膀，却感到浑身一点力气都没有，两只翅膀纹丝不动。又试了三次还是不行，这时才意识到三天连续的飞行拖垮了他的身体。正当他懊悔不已时，有一头幼鹿慢悠悠从身旁走过，跃飞警惕地环视四周，嗅到了空气中一丝杀戮的气息，却什么也做不了，像一个明知危险来临但被捆绑了手脚的人。就在跃飞被这种绝望折磨得喘不过气来的时候，一头美洲狮像是从天而降，从对面斜刺冲出来，跃飞还没明白是怎么回事，就听到有东西重重地摔到树上的声音，向右望去，美洲狮正咬着那头幼鹿的脖子，甩来甩去，幼鹿的四肢到处乱踢，很快痉挛地抽动了几下，就软绵绵地耷拉下来了。跃飞看得浑身颤抖起来，就在他收回目光时，美洲狮发现了他，两束目光交汇的一瞬间，跃飞感到自己的骨头里生出了泡沫，只要轻轻一咬就会化成一滩骨血，他绝望地低下了头，闭上了双眼。

当跃飞睁开眼睛时，惊奇地发现美洲狮和幼鹿不见了，他一下子瘫倒在草地里。醒来时，已是黑夜。他抱着再试一试的念头，可最后还是失望。望着满天的星星他反而平静了下来，心里苦笑，真是造化弄人啊，如今自己也会沦落到这个地步，还有什么好抱怨的。想到这儿，他干脆让自己平展地躺在草地里，“即便死，也不要太狼狈。”这是跃飞睡前对自己说的最后一句话。

第二天下起了雪，跃飞醒来时已是中午。他抖落了脸上和脖子上的积雪，当他试着站起来时，眼睛的余光感到有什么东西在他右侧不远处缓慢移动着，他以为是幻觉，转过头想看个究竟，一个黑乎乎的东西一下子纵身一跃，腾空到跃飞头顶上方一米处，跃飞本能地往前冲，火光电石之际，一个影子箭一样从左边直插过来，狠狠地和那团黑东西在空中撞在一起，已经飞到半空的跃飞向下望，那个黑东西不见了，只有一只大雁躺在雪地里，跃飞俯冲下来才发现雪地里的是演兰！

四天前，当跃飞一飞冲天离开特奥蒂瓦坎后，演兰忽然感觉她的灵魂似乎也被带走了，还有一种说不清的未完成的使命感让她坐立不安，跃飞变形的翅膀和不顾一切的眼神又浮现在眼前，她强烈地预感到跃飞会有生命危险，没等到第二天，演兰当晚夜深人静时就出发了。第三天，当她开始穿越一片森林时，她有一种不祥的预感，跃飞就在附近而且身处危险。

一个小时后，演兰醒了。她受了些轻伤，刚才的剧烈冲撞只是让她昏了过去。两只大雁谁也没想到会以这种方式再次相见，一时都没有说话。

“你，你怎么到这里来了？”跃飞百感交集。

“邪恶先知把我送到这儿的。”演兰忍着痛开起了玩笑。

“都什么时候了，你还有心情开玩笑？要是刚才你有个三长两短，我，我就没脸活了。”跃飞哭丧着脸。

“这话怎么说的？是你救了我，我欠你一条命，就算我死了，咱们也扯平了，对不？别愁眉苦脸的啦，再说我不是好好的嘛。”

跃飞哭笑不得，一时语塞。

“咱们走吧。”演兰说着站了起来。

“去哪儿？”

“当然是去北极啦！”

两个人因为这个问题几乎争吵起来，最后的结果是跃飞执拗不过演兰的坚持。短暂的休息后，他们从小石城北部的森林出发了。坠入森林的经历，尤其是演兰的加入，让跃飞感到自己肩上的责任沉甸甸的，他很快从狂热的头脑中挣脱出来恢复到以往的冷静。他心里清楚，飞往北极的路不会一帆风顺，越是这么想，跃飞就变得越发小心谨慎起来：他总是让演兰飞在自己身后并且保持一定的距离。每天的飞行时间从太阳升起到太阳落山几乎分毫不差，中间每隔四小时休息一会儿，晚上睡觉补充体力。可生活往往呈现的自然规律就是，你越是如履薄冰一丝不苟，它反而乐于打乱你的处心积虑。

三天后，他们顺利飞到了加拿大境内。下午大约四点，由于一天的逆风飞行，演兰看上去有些疲惫，跃飞决定今天提前休息。他开始下降高度，飞过前面的加油站就是一片森林，那里正是今晚理想的栖息地。每当飞过有人类的地方，跃飞会格外小心，常常会引来演兰的不理解，跃飞只是轻描淡写对她说，人类最危险，多加小心就是了。跃飞先从加油站的上方飞了过去，演兰跟在他后面大约一百米远，这时不知从哪里蹿出来一个男人，三步并作两步蹿到一辆白色雷克萨斯 SUV 前，拉开车门一闪身钻了进去，在关车门的一刹那，车子里传出了一个小女孩的哭声。演兰正巧飞过，看到了这一幕，她在空中划出一个优美的 U 型，掉头飞向车子。跃飞一回头发现演兰不见了，再定睛看去，演兰下降了高度在车子上方不到两米的高度盘旋。

“快回来，演兰！”跃飞边喊边冲向她。这时，那辆白色雷克萨斯急速启动发出摩擦地面“吱吱吱”的刺耳声，把跃飞惊了一跳。还没等他缓过神，从加油站的便利店里冲出来一个戴着绒线帽的长头发女人，边追开动的车子边颤抖地发出让人毛骨悚然的尖叫声。跃飞来不及多想，本能地冲向演兰，演兰在半空中做了一个躲闪，然后径直飞向那辆已经开出了公路的雷克萨斯。跃飞扑了个空，一个急转弯，追向前方的演兰。

“你刚才太危险了！”

“那个人类偷了一个人类的小女孩！”

“你说什么？”风声让跃飞什么也听不清。

“那个人类偷了一个人类的小女孩！”演兰重复了一遍。

演兰的话像一根刺扎进了跃飞的皮肤，他几秒钟后才蹦出一句话：“你跟在我后面，我来想办法！”

说完，跃飞急速挥动翅膀，一下子把演兰甩在身后十几米远。雷克萨斯不停地超车，像一条蛇一样在公路上划出S形，跃飞越来越近，几乎和雷克萨斯保持平行，透过车窗，跃飞看到后排的安全座椅上坐着一个四岁左右的小女孩，她大张着嘴，哭喊着，眼里充满了惊恐和不断涌出的泪水。跃飞急得束手无策，他一加速飞到驾驶室的前面一米处，想要吸引这个家伙的注意力，同时引起后面车辆的注意。过了几分钟后，跃飞开始听到周围有零星的喇叭声，于是他受到了鼓舞，大胆地飞到挡风玻璃前面大约五米远，试着挡住那家伙的视线。果然，车子开始左右摇晃，“该死的大雁！”窃贼在车子里大骂道。他一边骂一边转动着方向盘，但跃飞死死地缠着他。受到惊吓的小女孩哭得更大声了，窃贼血红的眼睛里燃烧着暴躁，

“别他妈的哭啦！老子的脑袋要炸了！”一边吼一边躲闪，狠狠地踩了一脚油门，他想猛冲上去撞死前面的大雁。跃飞早有防范，听到发动机的轰鸣声，马上提速。这一戏弄激怒了窃贼，他按下电动车窗，一阵风猛地灌进车内把贼的帽子一下子吹到了后排小女孩的脸上。贼左手扶着方向盘，右手在裤兜里慌乱地掏着什么，是一把黑乎乎的手枪，当他把手枪伸出车窗瞄准的一瞬间，一团黑影撞向跃飞，“呼”！跃飞感到有什么东西柔软地撞在他的双脚上，他本能地缩回了脚，只听见身后沉闷的一声“咣”，跃飞猛地扇动了几下翅膀，回头望，一只大雁一动不动地贴在身后车子的挡风玻璃上，鲜红的血溅满了驾驶室前面的半块玻璃，紧接着是一声“吱吱吱”的紧急刹车声，后面高速行驶的车子毫无防备，一辆接着一辆横七竖八地撞在一起。跃飞感到眼前一阵儿眩晕，脖子向前一伸，一股绿色黏稠的液体从喉咙里喷射出来，他随即从半空摔落到路面上，不省人事。

跃飞醒来后，看到无数个脑袋在他上方晃动，他试着站起来，脑袋们“哗啦”一下散了开来，一个满脸泪水的女人抱着一个小女孩从闪开的人群里走进来，她蹲在跃飞面前想要说什么，嘴角颤抖地抽动了几下，一个字也没说出口就放声大哭起来。小女孩在女人的怀里倒是出奇的安静，只见她怯生生地伸出稚嫩的小手，把身体向前倾，右胳膊勾着女人的脖子，轻柔地上下抚摸着跃飞的脑袋。一个高大的警察从后面走上前，简单地检查了跃飞的身体，站起来伸手招呼不远处的两个医务人员。人们默默地让出一条路，有人给两位年轻的女医护人员递上毛巾，有人把自己的外套脱下递给靠近跃飞的一个年轻姑娘，还有人只是默默地擦着眼泪。此时现场出奇的静，只有闪烁在冰冷空气里的红色警灯在一圈又一圈地旋转。

就在医护人员抬着担架向一辆敞开的救护车走去时，躺在上面失了魂的跃飞看到十几米远处，一个戴着黑色手套的警察，右手拎着一个大黑色塑胶袋，左手正在从那辆雷克萨斯的前挡风玻璃上拎起演兰血肉模糊的脖子，跃飞发出一声震耳欲聋的悲怆嘶吼，随即飞到演兰的身边，向着夜空，高昂着头，发出一声又一声悲鸣，声音响彻天空，犹如那只失去了伴侣翱翔在天空的大雁。

第二天，多瑙市的各家报纸和主流网络媒体都争相报道了这则令人诧异的新闻。各种各样的标题占据了头版头条，不同版本的视频在网络上流传，尤其是那张跃飞站在演兰身边，昂头向天空哀鸣的照片感动了无数人。说来奇怪，多瑙市在接下来的三个月里居然没有一起犯罪案件，警察们有时开玩笑说，要是再这样继续下去，我们恐怕饭碗不保了。由于市民的强烈提议，演兰的尸体最终没有被草草掩埋，那位年轻母亲和好心的市民们准备把她葬在一处市郊风景优美的湖畔。终于，坐落在二战英雄墓碑旁的第一个动物墓碑建成了，庄重的灰色如演兰羽毛一样颜色的墓碑上赫然写着六个字：一只勇敢的雁。

那天晚上，跃飞没有像英雄一样被抬进救护车，他飞上了夜空，在空中盘旋，也是在这个晚上，跃飞做了一个梦。梦里他听到演兰冲到他身后时说了一句话："把我带到北极。"然后枪声就响了。梦里跃飞不甘心地追问，你为什么要离开特奥蒂瓦坎？他在等待演兰给他一个答案，随便什么答案都行。可是，演兰什么也没有再说。

第十四章

飞越尼尔斯市上空时，跃飞又一次落泪。熟悉的城市和街道，川流不息的车龙向四面八方的公路延展。二月是尼尔斯一年中最冷的一个月，从天空望下去，随处可见堆得高高的小雪山，四通八达的公路两侧是被铲雪车堆起足有一米高像三角锥一样乌灰的雪，车子排出的白色尾气奔跑着笼罩着纵横交错的马路，被雪覆盖的房子和街道在阳光的照耀下，闪着银光，树一棵一棵地站在风里，枝干却直冲着蓝天。想到妻子和两个孩子，想到为救自己被打死的演兰，还有眼前这再熟悉不过的一切，跃飞心里涌起的是思念，犯罪一样的内疚，还有说不清的恍惚。生命真是无常，你永远也不知道明天会在哪里。从前的人生就像伸手却触摸不到的那个玻璃金鱼缸，跃飞没有看到它碎掉，却感到没法再回去了。只有蓝而广阔的天空让他感到好受些，跃飞又向下看了一眼，然后就直直地向着前方，向着北极的方向飞去。

两天后，跃飞到了加拿大著名的丘吉尔镇，这里紧挨着一百万平方千米的哈德森湾。当晚，他做了一个奇怪的梦。梦里，他看到一个巨大的身体坐在一堆黑色头盖骨上，不动也不笑，这巨人的脚下流动的是红色岩浆一样浓稠的液体。跃飞并不感到害怕，相反，他走近巨人，但红色岩浆阻挡在面前，他纵身一跃，居然跨过了十米宽的滚烫炙热的浆流！巨人就在他眼前不到五米远，他又向前迈了一大步，这一步就到了巨人的面前，跃飞张开翅膀，就在碰触到巨人的身体时，一股强大的力量像海水一样涌上来瞬间淹没了他。跃飞从梦里惊醒，边擦拭额头的汗珠边想，这个看不清的巨人到底是谁。在接下来飞往北极圈的那些天，他几乎每晚都在做同样的梦。

丘吉尔镇是跃飞一直想去的地方之一，因为那里有全世界人们向往的北极熊和北极光。只是这些年总是被这样或那样的事情耽误。想到这儿，跃飞不禁笑了起来："没想到竟以这种方式实现愿望。"

飞翔在哈德森湾上空，很快就让跃飞暂时忘了一切，眼前的情景不由得让他震惊：海面上并不是他想像中的一望无际的冰雪覆盖。无数密密麻麻大大小小的冰块漂浮在水面上，它们拥挤地碰撞在一起，发出细密的咯噔声，时而又被起伏的波浪冲散，然后再次碰撞，分开，跃飞从来没有见过大自然这样的场面，呆呆地大张着嘴。望下去，有些冰块看上去有足球场那么大，小的只有几米大小的样子，有些冰块紧随海浪的节奏，有的仿佛纹丝不动。跃飞心想，冰块的下面说不定就有一座冰山，这才叫冰山一角呢。远眺前方，深蓝色的海面上晃动着无数耀眼的冰块，犹如一个奇幻又迷离的水世界。

一天后，跃飞穿越了整个哈德森湾。夜里，找了一处低洼雪地，跃飞累得一屁股靠在雪坡上，却睡不着觉，一个疑问始终萦绕在脑际：为什么一路上没看见一只北极熊呢？他猜想着各种可能性，有些荒唐的念头让他自己都感到好笑。到了后半夜，游走在杂念之间的跃飞终于睡着了。今夜，他的梦像苹果一样被切成两半，前一半还是那个看不清的巨人，后一半是哈德森湾海面上无数的冰块。冰块漂浮着碰撞着，幽蓝的海水拍打着一块块冰，冲刷着冰上的积雪，遇水即融的雪开始变成一缕缕红色，很快消散不见了。这时，海面起风了，冰块碰撞得更频繁且凶猛，大片大片的雪块倾倒在海水里，咚咚的落水声响成一片，海水顷刻间变成一种诡异的灰蓝色，然后是浑浊的灰黑色，一分钟后，海面上变成了浅红色，直到鲜红的海水肆虐着整个哈德森湾。

雪地里，翻来覆去的跃飞想喊却发不出声来，梦安抚着他的双眼还在继续。

不知从什么时候开始，冰块扭曲着变了形，一块块先是生出了白色毛发，又长了手脚，最后海面上无数的北极熊哀嚎着挣扎着，这时远处的海面上忽然出现了一个巨大拱形的红色坡度，越升越高，直到遮盖了半个天空，蓝天映衬下的鲜红海水像一个张着血盆大口的怪兽迎面扑来。

"救命！救命啊！"跃飞直直地坐了起来。愣了一阵儿，才发现天边已经泛起了青白色。恍惚间，他听到嗡嗡嗡的呻吟声从不远处传来，声音时断时续，北极熊！跃飞立刻警觉起来，四处张望。飞到半空才看到北边大约三百米远处，一只成年北极熊躺在血泊里，跃飞落到它身边五米远的雪地里，北极熊注意到了他，抬起头看了他一眼，就耷拉下了脑袋。正当跃飞四处张望时，北极熊说话了："能帮我找点吃的吗？"

跃飞吃惊地往后退了一步差点摔倒，缓过神来说：“你是说，让我帮你找点吃的是吧？”

“对。”

一阵儿惊喜！跃飞想也没想说道：“你等着，我去找找。”转身就飞走了。跃飞一边飞一边兴奋地想，我竟然能听懂它的语言，它也听懂了我的话，为啥在络腮胡那里时却只和大雁傻哥交流？胡思乱想时，跃飞已经飞出很远，他又向北面飞了十几千米，准备调转方向向东面搜寻，这时他看到东南方向大约一千米远的地方有一滩红色，飞近了才看清是一具庞大的海象尸骨。鲜红的骨架上到处残留着碎肉，一股血腥和生肉的味道扑面而来，整个尸架像是刚被烧过了一样向上散发着白色蒸汽。看样子海象是刚被吃光的。他绕着尸架飞了一圈，找到好几块被撕烂的肉，挑了一块不太大的，折腾了一阵儿才抓起来。跃飞在半空总感到身体往下坠，中途休息了三次才回来。北极熊看到肉，脖子一甩，一口咬到嘴里，一半肉从它嘴里垂到脖子前。当它粗壮又尖锐的白色长牙扎进足有十厘米厚的海象肉时，发出一种厚物被刺穿的声音，跃飞打了个寒颤，本能地向后退了两步。北极熊每用力咀嚼一下，它粗壮的脖子便有节奏地晃动，几次咀嚼后，美食一路输送到喉管，然后滑了下去，整块肉不到一分钟就吃完了。跃飞第一次这么近距离看一头野生北极熊吃东西，它吃肉的模样和动物园里驯养的斯文北极熊完全是两码事。眼前这个受伤了的庞然大物的一举一动仍然充满野性和十足的力量感，想到这儿，跃飞对这个家伙产生了某种亲近感，恐惧也消散了几分。

“谢谢你的食物。”北极熊伸出红色的舌头舔了一圈嘴巴，接着说：“现在好多了。”说完，它开始扭动身体。跃飞脖子向后缩，翅膀微微打开。北极熊赶紧说：“别害怕，你救了我，我是不会伤害你的。”

听到北极熊这么说，跃飞才注意到自己有些失态，不好意思，说道：“我的确有点害怕。你这么说，我感觉好多了。对了，你伤得严重不？是人类猎伤了你？”

“你怎么会觉得我是被人类打伤的？”

“你是北极熊，在北极哪儿有对手啊，当然除了人类。”

沉默了几秒，北极熊低沉地说：“和另一头北极熊打斗中受的伤，我没能阻止它吃掉我的孩子。”

跃飞愣了一下还以为自己听错了，北极熊看出来了，接着说：“那是一头非常强壮的公熊，我们在这附近遭遇，拼尽了全力，我还是没能保护好自己的孩子。”它的声音开始颤抖，眼里闪烁着泪花。

跃飞感到毛骨悚然，好像有什么东西卡在了喉咙里，不知道说什么好。一阵沉默，跃飞先开了口：“真对不起！怎、怎么会发生这种事？你们可是同类啊！”

“能找到的食物实在是太少了。上一次，我亲眼看见十几只狼围攻一头成年北极熊，这是以前从来没有发生过的事。”

“原来是这样。自从离开丘吉尔港一路飞到这儿，我就一直纳闷怎么没看见一头北极熊。”

“我猜你应该也留意到了，从丘吉尔港一直到哈德森湾，海面没有完全冻结。唉，最近十多年都是这个样子，这让我们许多北极熊很难找到食物，有些北极熊甚至活活地累死在游往北部的路上。气温的上升也让我们的捕猎变得前所未有的困难，就算今天我能活下去，也不知道明天在哪里。”说完它低下了头。

跃飞心生悲凉，感觉自己就像一个杀人凶手，虽然手上没有沾满血迹。他没有想到人类的发展会给北极熊带来如此灾难性的后果。这让他马上想到了丘吉尔原始森林里的那个腐败的社区开发项目；千百年来特奥蒂瓦坎里出现的第一个猎人；演兰那次掷地有声又无奈的质问还时常回荡在耳边：“人类为什么不断夺走原本是我们世代生活的地方？”

“你怎么啦？”北极熊望着跃飞。

“哦，我没事，我没事。我再回去弄些肉回来，去晚了，说不定被别的动物发现了。”说完跃飞转身离开。

“你要是不介意的话。”

跃飞来回去了六趟，弄回来三块肉。他还想再衔几块回来，北极熊说什么也不同意跃飞再回去，还说这些肉够自己吃两天的，两天后，伤口和体力就应该恢复了。它还劝跃飞赶快掉头离开这里，不要再往北飞了。跃飞担心这头受伤的北极熊，执意留下来。他在当天又弄回来两块肉，累得筋疲力尽。

北极熊到了第五天才勉强站起来。它遍体鳞伤，右前腿一瘸一拐，在那场生死搏斗中被公熊咬穿了腿骨。在这五天里，早晨天一亮，跃飞就开始四处搜寻食物，天黑前总能带回来一些腐肉或骨头。到了晚上，他们俩就在星空下聊天，通常跃飞问了问题后，就安静地聆听熊妈娓娓道来，有两次聊到了天边发亮。在第四天，熊妈说起她的母亲讲自己出生的事，还有她童年和母亲在一起的记忆：母亲教她在冬天捕猎，教她如何在夏天的河边抓鱼，告诉她世界上最危险的就是人类，警告她永远也不要靠近人类。熊妈不明白为什么，问妈妈人类长什么样子，是不是跑得更快更强壮，有更锋利的牙齿。妈妈说都不是，妈妈说人类是两条腿走路，和野狼差不多大，却可以轻而易杀死任何一头成年北极熊。熊妈实在想像不出人类的模样，内心却很好奇，希望有一天可以看见人类。直到有一天，她在河边玩耍时发现了人类。好奇心引领着她偷偷靠近人类，直到妈妈冲到她的前面，然后一声枪响，妈妈轰然倒在她面前，她还记得当年自己绝望地围着妈妈团团转，妈妈边站起来边冲自己怒吼："快跑！"

有一天晚上，刮起狂风，风怒吼着撕碎了天空，宁静的夜瞬间变成地狱，暴风一刻不停地肆虐着，跃飞感到胸闷，难以呼吸，熊妈伸出的脚掌把他一下拉到身下，藏在厚厚的皮毛下直到第二天早上。有一个晚上，熊妈问跃飞："你为什么到这儿来？"跃飞只是说："去北极是他一生的愿望。"熊妈本是担忧的，想劝他，却最终没有开口，等了好久才说了一句："走在实现愿望的路途上是生命里最美好的部分。"跃飞听后默默地流下了眼泪。他想，如果对面坐着的是一个人，无论是谁，再也不可能说出这么打动人心的话了。

原以为第五天的道别是难过的，但事实却恰恰相反。熊妈在勉强站起来后，对跃飞说的第一句话就是："你要上路啦。"跃飞想要说什么，话到嘴边又咽了下去。他和熊妈对视了一分钟，谁也没有说话。还是熊妈先打破了沉默，它冲着跃飞点了点头，跃飞马上明白了它的意思，振翅一挥冲上了天空，熊妈忽然站立起来，对着天空发出一串震耳欲聋的喊声，声音久久回荡在天际。

第十五章

七天后，跃飞到了冰天雪地的位于努纳武特的阿勒特。除了天空一切都是白色。几个零星的扎眼的黄色和朱红色的长方形房子横七竖八地躺在雪地里，跃飞到了前面不远处的一个大木牌下，在这个比成年人还高的长方形招牌上，是醒目的白色和天蓝色涂成的底色，上面写着大大的“ALERT”。在这个巨大的标识周围是一些长短不一的小木牌，连成一体，竖立在它的左右两侧和前面，有如众星捧月。“这不是尼尔斯吗！”跃飞惊叫了起来。在大招牌前面的一堆小木牌里，他一眼就看到了黑色字体的尼尔斯，木牌的右侧写着红色数字：“2390FEET”(2390 英里)。极度虚弱又饥饿的跃飞脸上露出了笑容，就要到达终点的喜悦像一缕春风拂过他的心间，这么多天紧绷僵硬的身体开始一点点松弛下来……一股暖流自上而下从脑袋到脖子，再到残破的翅膀，一直流到浮肿的双脚。跃飞产生了一种奇妙的幻觉：他感到自己的身体仿佛躺在夏天傍晚自家后院的泳池里，双手自然摊开，两只脚直直地向前伸展，整个身体像云一样漂在水面上。

饥饿。是的，那是饥饿，它就像病毒一样缓慢滋生出的千百万条虫子，不费吹灰之力就吞噬了他仅有的一点温暖幻觉。“北极就快到了，坚持一下，再坚持一下。”他这么对自己喃喃地说着的同时，缓慢地转身，左边的翅膀先张开了，右翅也缓慢地打开着。就在这时，跃飞的前方有一个蓝点向他的方向移动，蓝点越来越近，可跃飞的眼前却一片模糊，他眨了一下双眼，还是看不清，紧张地扇动翅膀，前倾的身体不听使唤，一头栽进了雪地里。

醒来的时候，跃飞发现身边有好几双眼睛正在上面盯着他，他吓了一跳，身体本能地向后缩，自己的右翅已经缠上了厚厚的白色纱布。“快看！它醒了！”一个夹在中间的穿着天蓝色毛衣的女生喊道。更多颗脑袋凑了过来，一个声音说道：

“天哪！我还以为它准活不成，瞧瞧它变形的脑袋和干扁的脖子，真是奇迹！”

“谁说不是呢！”

“问题是，它是怎么飞到这儿的？”

“我看，它是先掉队，之后又迷路了。”

“从来没听过大雁在二月能飞到这里，它准是疯了！”

“我说，你们这些家伙，能不能不要凑得这么近。你们这样会吓坏它的！”

那个蓝毛衣女生边说边疏散人群。“遵命长官！”一个长着一头金黄色短发的青年做着鬼脸说。很快，人群在议论纷纷中不情愿地散开了。杰西卡看着大家离开后，把旁边的一个装水的木碗放到跃飞面前，再把另外一个装满海藻和剪碎了的西兰花的大盘子放在木碗旁边。

“不要害怕，没有人会伤害你的。你一定是饿坏了吧？不过，最好是先喝点水，然后再吃东西。”

杰西卡说完指了指木碗里的水。看到了食物的跃飞一下子扑到盘子上，海藻和西兰花溅得四处都是。

这是跃飞一生中最奇妙的一次对食物的体验。因为吃得太快，他呛了两回。不到一分钟，他吃光了所有的海藻和西兰花，洒在银白色金属地面上的食物残渣也被他吃得干干净净。跃飞并没有体会到海藻的鲜嫩，可能是他的胃在长时间的饥饿里变得麻木，失去了应有的细致和敏感。杰西卡带走了空木碗和空盘子，很快又回来检查了他破损的翅膀，然后离开。

吃饱了的跃飞开始注意这个房间：在他的正前方的墙上是一幅水彩画。画里是一轮挂在蓝天上大得出奇的太阳，散发着万丈光芒，地上是小得像蚂蚁一样的男男女女，高举着双手欢呼。左边五六米远是一扇落地的大玻璃窗，窗外是黑漆漆的一片。一个天蓝色的小书桌摆在窗前显得有些不对称。右边不远处是一扇白色的门，跃飞看了看四周，发现自己几乎是靠着墙，坐在整个房间最后面的中间位置。他又望了一眼窗外，猜想从自己晕过去到现在应该有半天的时间了。跃飞吃力地站起来，感到自己就像一棵草被人连根拔起悬在半空，随时会人仰马翻，他浑身颤颤悠悠，不得不靠着墙让身体保持平衡，再一点一点挪到门前。跃飞试着把左边的翅膀插到大约有一厘米的门与地面的缝隙里，然后用力向内拉拽，没有用，门是关紧的。要是在平时，他会飞悬在半空，用嘴巴或双脚压迫门把手，可现在，他连走路的力气都没有了。他叹了口气，扶着墙走回来，一直走到角落里。喘着粗气的跃飞背靠着墙角坐下来，脑袋里开始思考怎样离开这个建筑。脑海里的思路还没来得及展开，他就睡着了。

在接下来的六天里，每天早上天还没亮，杰西卡就会准时送来早饭，中午和傍晚也是一样。她还会在跃飞晚饭后，例行公事一样检查他的右翅，每两天为他换一次纱布。到了第八天，杰西卡拆掉了纱布，还拿来一个电子体重仪，给跃飞称体重。测完体重后，杰西卡笑着对他说，八天里你足足长了一点五公斤！还说他的翅膀愈合得很好，两只脚的浮肿也全消了。跃飞还发现，每次杰西卡来看他的时候……不论是给他送食物，或者只是进来看他一下，和他说几句话，她的脸上总是洋溢着春风一样的微笑。可当她转身离开时，脸上的笑容便消失了。头几天，跃飞很纳闷，想不明白是怎么回事。渐渐地他发现，只要有太阳的时候，杰西卡就像阳光一样充满生机，她的双眼里似乎跳动着火焰，一种想要奔跑的张力，仿佛在她身体里流动着的活力，不小心就会像可口可乐一样喷洒出来。早上和傍晚时，那稍纵即逝的微笑看上去总是战战兢兢，摇摆不定。再后来，跃飞发现，那些穿着迷彩服的家伙们来看他的时候，也都像杰西卡一样——有阳光的时候神采奕奕，其他的时候像霜打的茄子。有一天，跃飞吃着午饭，抬头看到对面墙上的水彩画，画里有一轮夸张的太阳，再望向窗外的那轮真实的太阳，他顿时明白了一切。

可不是吗？这里已经无限接近北极，还有不到九百千米的距离。每年从十月一直延续到来年一月份，有三个多月的时间里，见不到太阳，整个北极圈都笼罩在无边无际的黑暗里。黑夜不仅吞没了光明，侵蚀着所有的生物，也悄然不觉地闯入了人心，野蛮地撕扯着吞噬着每个人内心坚守的脆弱的光明。这些天里，跃飞丝毫没有察觉到这一点，这也难怪，自从到了阿勒特，跃飞耗尽了所有的能量，他内心熄灭的希望之火在特奥蒂瓦坎再次被点燃，是这希望之火硬生生把他拖拽到了阿勒特，怎么会有黑暗占据他的心灵呢？再说，他还没有时间习惯黑暗呢。这六天里，他黑白颠倒，日夜不分，除了吃就是睡，仿佛初生的婴儿正在积蓄着天地的精华，贪婪地成长。跃飞怔怔地盯着对面的画，想起了自己在特奥蒂瓦坎看到妻子和孩子们的那个晚上……从那晚开始，自己内心深处的太阳不见了，黑暗像蝗虫一样铺天盖地遮盖了本就脆弱的心灵。要不是那天正午刺耳的猎枪声和湖里的小幼雁，或许自己永远也不会重新站起来。想到这儿，他终于理解了杰西卡和她的同事们眼里的忧虑。

"人心里的黑暗才真正可怕！还好，我们只是暂时失去了阳光。可这盼望分明就是希望啊！"跃飞激动地自言自语起来。

其实，在这儿过了第一天后，跃飞便逐渐冷静了下来。他知道，想要早一天见到"邪恶先知"，现在能做的就是快点恢复健康。他暗下决心：要趁着这个千载难逢的好机会，好好养伤，只要有机会，就锻炼身体，告诫自己不要总想着逃跑的事儿。他还试着说服自己，就算明天有机会逃走，那又怎么样呢？这么虚弱的身体，就算到了北极圈，也差不多挂了。自从打定这个主意后，他反而心平气和，吃得多也睡得香。每天吃起饭来，都是一副慢条斯理不紧不慢的样子。由于吃喝不愁，作息也很规律，丰富的食物供应对于跃飞正在变成"鉴赏品"，就像一个古董收藏家用欣赏和谦卑的眼光注视每一件艺术品那样。每天的五次食物供应让他甚至发展出了一种更灵敏的嗅觉，可以通过咀嚼海藻就能分辨出它们有多新鲜，从青草的颜色上就能判断出，是空运过来的，还是大兵们到雪地里挖出来的，这一点从他们聊天中得到了验证。再比如，昨晚的海藻格外新鲜，仿佛是刚刚打捞上来的。果然杰西卡今天早上送早饭的时候就对跃飞说：

“你这家伙真是太幸运啦！这是刚打捞上来还没来得及做人工处理的海藻，就被空运过来了。真羡慕你啊，你都成这里的英雄啦！每天大伙吃饭的时候都会谈论你，说你是一个了不起的大家伙。我到阿勒特都半年了，还从没看见这么快活的场面呢！你没发现罗杰和法拉那两个家伙这两天都吹起了口哨吗？还有，我们在渥太华的头儿明天要和你视频呢！对了，我说了这么多，你怎么会飞到阿勒特呢？”

对于杰西卡这样或那样的自言自语的提问，有好几次，跃飞冲动得要回答，但话到嘴边，又咽了下去……就算说了，她也完全听不懂。还有那些大兵没事就围在他跟前说一些稀奇古怪的事情，有些可笑得让他喷饭。自从那天晚上，忽然明白这是基地里的年轻人们，跃飞就利用每一个和他们接触的机会展示他的技艺。有时，他会夸张地左摇右摆地走路，时不时假装摔倒在地，引来一阵哄堂大笑。有时，他就去吃大兵们手里的食物，吃完了，就干脆把嘴巴伸到他们手上蹭来蹭去。有时，他甚至会飞到某个家伙的肩膀上神气得像一只大雕。有一回，罗杰趁大家不注意，手里拿着一个杯子，蹲在跃飞面前，眨着眼睛对他说：“嘿，伙计！这可是好东西！我好不容易就搞到这么一点。来，尝尝。”边说边打手势。跃飞很好奇又不忍拒绝他，就把脑袋伸到杯子里尝了一口，然后大叫一声，罗杰手里的杯子险些掉到地上，他站起来，一手端着杯子，一手扶着腰笑个不停。其他人这才知道发生了什么，纷纷凑过来。杰西卡从人群里冲出来，从罗杰手里一把夺过杯子，气愤地说：“你知不知道这么做可能会要了它的命！”罗杰这才意识到自己险些闯了祸，红着脸低下了头。跃飞很快缓了过来，心生一计。只见他轻快地飞起来，绕着大厅的天花板飞，所有人的脑袋都上仰，随着他飞行的轨迹而转动。当他绕到罗杰身后时，忽然俯冲下去，不偏不倚落在罗杰的脑袋上，这还没完，跃飞稳稳地站在他头顶居然跳起舞来！这突如其来的变化，让罗杰本能地头一缩，但他很快意识到是跃飞在头顶，就放松下来，很配合地站在原地一动不动，然后把眼睛眯成一条线，收起下颌做出一副很无辜的模样。现场先是几秒钟的鸦雀无声，然后就是海水一样涌来的笑声。原本很生气的杰西卡双手捧着杯子也笑得前仰后合，好多人笑出了眼泪，于是大家慌忙掏手机，又听见噼噼啪啪好几个手机摔在地上的声音。

当天晚上，跃飞不知为什么睡不着。他预感到明天是逃走的好机会。视频之前，杰西卡肯定会把他带离这个房间，到时候，想办法趁乱逃走。跃飞预想出三个方案，但仔细推敲，发现都有很多不确定因素。想来想去，还是决定早点睡觉，养足精神明天一切见机行事。可辗转反侧，就是睡不着。这时，窗外呼呼呼刮起了猛烈的北风，跃飞坐了起来，怔怔地盯着窗户好久，然后又目光深邃地环视了温暖房间的每个角落，仿佛自己从来没有来过，也即将失去逐渐习惯了的安逸生活，心里不免生出了一股恋恋不舍的情绪。这时，跃飞脑海里浮现出了熊妈走在狂风吹雪里的艰难，瘸拐的右腿走一步歇一步，风雪吹得她睁不开眼，明天，明天永远是未知和饥饿，想到这儿，跃飞又坐了起来，心里默默地为熊妈祈祷，也为自己祈祷。

像往常一样，杰西卡准时送来了早餐。她蹲在旁边看着跃飞吃早饭。

“你昨天实在是太棒了！大伙合计，要把你和罗杰的照片打印出来，是很大很大那种，把它贴到大厅里。当然，这得头儿们批准才行。对了，我昨晚做了一个离奇的梦。你猜是什么？我梦见你居然是一个人变的，梦是彩色的，印象里我好像从没做过彩色的梦哩，情节特别逼真，现在还历历在目呢。很可笑是吧？可梦境实在是太真实了。今早起床后，我一个人发呆了好长时间，越想越不对劲。我是说，你平时的行为可真不像一只大雁。我从小在尼尔斯长大，那儿到了春天到处都是大雁，可它们似乎并不喜欢人类，也完全没有你这样的举止。尤其昨天，你那样子简直就活脱脱像一个人！对了，给你送饭前，正巧碰到罗杰，就把昨晚的梦告诉了他。你猜他说什么？他说他昨晚也做了一个古怪的梦。不过，他梦见你变成了人，他说他的梦竟然也是彩色的！真是太离奇了，你说是吧？”

杰西卡边收拾餐盒和地面，边笑着继续说：“要是我也能变成一只大雁该多好！那样我就可以飞上天空，去任何想去的地方，我不贪心，哪怕就一天也行！”她亲昵地摸了摸跃飞的脑袋：

“你不知道，其实人类并不是你想象中的那样，我们每个人都有欲望，有欲望就有烦恼。虽然我们自诩是万物之灵，高高在上似的，但却被牢牢地限制在地面。你们虽然生命简单，却拥有最让人类向往的蓝天和自由！好了，我啰唆了这么多，却没提正事呢。今天精神点，你一会儿要见大人物啦！”

说完，她拿着餐盒离开了。

两个小时后，杰西卡进来，她轻手轻脚地抱起跃飞，把他托在右手臂弯里护在自己的胸前。她穿过一条没有窗户的长走廊后，左转不到十米是一扇门，推开门径直走了进去。一股熟悉的香味扑面而来，是炖牛肉的味道。跃飞咽了一下口水，两只眼睛却一刻不停地搜索着每一个角落。还没有穿过这个房间，跃飞感到一阵冷风从左侧吹来，他伸着长脖子望过去，一排很高的快延伸到天花板的白色橱柜挡住了他的视线。“准是哈利这家伙又把窗户打开了。不过，厨房里确实有点热，特别是忙得不可开交的时候。”杰西卡笑着边说边穿过敞着的门。忽然视线一下子变得开阔了，一缕阳光斜刺过来落在跃飞的脸上，他眨了一下眼睛，四处张望，这种感觉就像走过一处弯弯曲曲的密林，没有任何征兆地来到了一片广阔天地：这是一个看上去比足球场还大的地方，除了刷成天蓝色的水泥地面之外，四周全部是落地玻璃，屋顶是比普通房间至少高一倍的全景一百八十度圆弧式玻璃屋顶。在整个房间的中间部位悬挂着一面巨大的双面显示屏，从屋顶一直垂到离地面两米多高的地方。已经有几个穿迷彩服的大兵站在一旁聊天。当他们看到杰西卡进来，马上围上来，征得她的同意后，每个人都像抚摸小鸡一样摸跃飞的脑袋和脖子。有一个家伙甚至趁杰西卡不注意先是摇晃了跃飞的脖子，然后冷不丁地亲了他的脑袋。“恶心！”跃飞心里喊。

人越来越多，杰西卡把跃飞放到靠近落地玻璃窗的地上说：

“瞧！今天注定你是主角。我看你一直到处张望，没见过这样的地方吧？现在你自由啦。去吧！”

跃飞看了她一眼，摇晃着走开了。他先是四处张望了一下，然后沿着椭圆形大厅的落地玻璃窗走了一圈。当他走过一处玻璃窗时，留意到在一米高的地方，有一个半月形的玻璃把手，他后退两步，心里一阵惊喜，“这里应该就是门了！”没过多久，跃飞听到一阵轰隆隆的嘈杂声从外面传来，回头望向窗外，看到不远处有一架机身上印有加拿大国旗的直升机正在降落，雪地上迅速卷起了细沙一样的雪，弥漫在空中。跃飞四处望了望，大伙儿的注意力被窗外那隆隆作响的直升机吸引。飞机落稳后，里面先后跳下来两个人，他们弯着腰一阵儿小跑，就到了那扇有玻璃把手的门前。一个站在门旁边的大兵跨前一步，熟练地按下玻璃把手上的透明按钮，然后向里用力拉，年轻的飞行员闪身而入，就在第二个年龄看上去大约五十几岁的军官刚刚迈进右脚的同时，跃飞已经移动到了他的右脚斜对面一米处。他看准时机，就在军官抬起的左脚还没有落到地面上的瞬间，跃飞双脚用力一蹬，缩着脖子收紧翅膀从他的胯下滑过，摔进了浅坡雪地里，然后门就关上了。跃飞长长地出了一口气，站起来甩掉眼睛和嘴巴上的雪。离开前，他回头看了一眼“玻璃金鱼缸”里的人们，一堆长腿里怎么也找不到杰西卡的影子。正在和士兵们热情握手的军官，嘈杂的人群，还有已经连接到渥太华总部的大屏幕，一切都准备就绪，却没有人发现今天的“主角”已经神不知鬼不觉地消失了。

第十六章

当天晚上，跃飞到了北极。当他站在空旷寂静的雪地上，仰望着近在咫尺仿佛又触手可及的清澈夜空和繁星时，他呆呆地僵立着动弹不得，似乎有什么东西把他死死地钉在原地。过了好一会儿，他原地转了一圈，张开了翅膀，奇怪的是却没有飞起来。他想要放声大喊，告诉演兰自己到了北极圈，可张开的嘴巴却奇怪地缓缓合上了。月下，远远地望过去，跃飞看上去像一只即将一飞冲天的展翅雄鹰，完全打开的翅膀和挺拔笔直向上的长脖颈在雪地和夜的映衬下充满了野性的力量感。静的夜和浩瀚的宇宙，还有一只从遥远墨西哥飞来的意气风发的大雁，组成了此时此刻的北极圈。跃飞不会知道在这寂静和谐的天象背后隐藏着多少凶险。说实话，历经千难万险来到这儿的他早已不在乎这一切了。此时此刻，他的大脑一片空白，只是这么静静地站着，仰望着，没有发出一点声音。没有一丝风的夜晚，除了寒冷，跃飞唯一能感受到的变化，就是咚咚跳动的越来越快的心脏。

跃飞醒过来，是因为一大块雪砸到他头上。他发现自己躺在一处高高的雪坡下面。已是黎明，天边隐约透出淡淡的青灰色高远而幽蓝的天。风扬起像细沙一样的雪飘舞在空中，一阵大风，扬起更多更高的雪，在月光和天空的反衬下呈现出诡异的点点微光。跃飞抖了抖脸上和身上的雪，感到一阵饥饿袭来，他这时才想起来，自从昨天逃出来后什么也没吃。照理说，昨天飞了一整天没有休息，应该感到饿才对，或许是昨晚那种不可思议的人与自然的短暂物我合一让跃飞忘了一切，他甚至搞不清自己什么时候睡着的，又是怎么到了这个雪坡下面。跃飞摇着头，脸上露出迷惑的笑容，他站了起来，向前走了十几米，然后转身望了望四周，什么也没有，除了白色。

“邪恶先知在哪儿?”跃飞满脑子都是这个问题，边想边四处找食物。过了约一个小时，什么也没找到。于是，他飞到空中俯瞰大地，结果又一次失望了，方圆十几千米内除了白色还是白色。饥饿开始扰得跃飞烦躁起来。但很快，他冷静了下来，这一路到北极，其实才是真正困难的开始。

当天晚上，跃飞没有找到任何食物，早早地来到那处雪坡下。天已经黑了，他必须早早睡觉，这是眼下最现实的保存体力的方法。望着和昨晚一样的繁星布满的夜空，恍惚之间他睡着了。

五天很快过去了，除渴了吃几口雪之外，什么食物也没找到。他已经没有力气像前几天那样飞到空中搜索食物了。不能飞，跃飞就放弃了四处寻找食物的想法，他找到一处地势较低的雪地里，脖子耷拉着靠在斜坡的雪面上，这样做，可以最大程度节省脖子挺立所消耗的能量。他开始产生幻觉了：有时候，他看到的天一下子就变了颜色，是那种鲜血染成的红色，他甚至还能闻到空气里飘来的一丝血腥味；有时候，他的眼前会忽然切换到特奥蒂瓦坎的湖边，碧绿的牧草随风而动像秋天的麦浪，坐在树下的他望着湖里嬉戏的幼雁们；有时候，他好像呆呆地站在自家前院的草坪上，等待着车库门打开。

今天没有风，是安宁的夜晚，跃飞坐起来，望了望天空，又看了看脚下的雪，一个好奇的念头涌出来，“雪地下面会有什么？”抱着这个念头他开始刨坑，当他拨开最后一层雪时，惊呆了，原来是冰层！跃飞感到眼前一阵眩晕，一屁股坐到身后刨出来的雪堆上。过了好一会儿，缓过神来他才想起来，北极圈正处在北冰洋的中间地带，而现在又是一年中最冷的二月。“这里怎么可能会有陆地？你这个笨蛋！”跃飞绝望而情绪失控地喊道。他的身体前倾，把头埋到胸前，松软的雪顺势从高处滑落，压下来，毫无准备的他身体一下子失去平衡，头朝下栽进了雪坑。只听见一声沉闷的撞击声，跃飞的头重重地撞在冰面上。

醒来的时候，跃飞感到浑身的重量都压在脑袋上，顾不上痛，他用力收拢翅膀，好使翅膀落入雪坑里。来来回回尝试了好几次，翅膀终于接触到了冰面，有了翅膀的支撑，他随即让脑袋歪在一边休息。喘着粗气的他凭着感觉调整在雪坑外的双脚，他尽量让双脚分开，脚掌向下压迫雪地，这样当翅膀用力把整个身体向外推动时，双脚就能产生尽可能多的摩擦力。花了好一会儿，跃飞终于把整个身体调整到了最佳位置，他猛吸一口气，翅膀结实地顶立在冰面上，双腿也绷得直直的，他大叫一声，浑身用力抽动起来。挣扎了不到一分钟，跃飞的身体瘫软下来，腿部的力量不足以把整个身体拉拽出来。歇了五分钟，他又做了一遍刚才的动作，还是失败了，这一次，他甚至感到强有力的翅膀也有些不听使唤了。“要是在平时，这不算什么。让我再歇一会儿，攒点力气再说。”跃飞一边大口喘着气，一边嘟囔着。这一次，他休息了足足有半小时。在长长地吸了一口气后，“一——二——三！”当他数到三时，积蓄的力气一下子爆发出来，由于全身各个部位用力得当，形成了一股惊人的力量，从后面拉拽着他的身体。成功了！跃飞的身体像一根收紧后忽然张开的弹簧一样，从雪坑里弹了出来，跃飞下意识地回头看身后，这一看，他的头嗡的一声炸开来：一只白狼正在身后！跃飞情急之下脚下猛蹬，翅膀慌乱地拍打雪地，挣扎着想要飞起来，卷起流沙一样的雪在空中散开。白狼紧紧地咬住跃飞的尾巴，趴在雪地上向后退了一步。跃飞蹬甩双脚拼命地挣脱，可不起任何作用。白狼继续拖着跃飞的尾巴缓慢得像蜗牛一样往后退。跃飞感到大祸临头，求生的欲望让他急转过身，闪电一般甩出的长脖子撞向白狼，露出寒光的双眼逼近那双暗淡的眼睛，只听见一声硬物相撞的沉闷声，跃飞坚硬细长的嘴重重地敲击在白狼的前额上。这突如其来的反击，让反应迟钝的白狼缩了一下脖子，跃飞的尾巴滑出了白狼的嘴。他顺势向前冲，跌跌撞撞地挥动翅膀，就在跃飞双脚离开雪地一米高的样子时，白狼扑了上来，它的身体在空中完全悬空失去了平衡，犹如罩在跃飞头顶的一口大钟。就在落地的一瞬间，跃飞奋力向前冲了一下，他和白狼的身体几乎同时摔落在雪地里，跃飞感到一阵钻心的痛，由于刚才落地前向前冲的惯性，他的大半个身体甩在白狼身体外，但自己的双腿被死死地压在白狼腹下。跃飞忍着疼痛拼命往外拽，却无济于事，他绝望地闭上了双眼等待死亡的降临。奇怪的是，什么也没有发生！过了一分钟，跃飞睁开眼，回头望向白狼，躺在雪地里的白狼一动也不动。“它死啦？”跃飞的脑袋嗡嗡作响，“这到底是怎么回事？”担心白狼随时醒过来，跃飞只想把双脚抽出来。

白狼没有死，它只是由于刚才那个拼尽全力的腾空而昏过去了。这只白狼已经有十三天没有吃一点东西了。当趴在雪地上奄奄一息的白狼看到一只大雁落在身边二十多米的地方，它即将闭上的双眼缓缓地又张开了。它已经站不起来，那细长的腿根本支撑不了它的身体。要不是那一身看上去像雪一样白的有尊严的长绒毛包裹着身体，它就像躺在雪地里的一堆骨头。白狼缓慢地向跃飞爬去，雪地上留下了深深的凹陷的雪痕。二十几米远，白狼足足花了半个小时才爬到跃飞身后，然后又休息了五分钟，就在它咬住跃飞的尾巴向后拽的时候，跃飞也正拼尽全力做第三次尝试，在两股方向相同的力同一时间的作用下，跃飞就这样被弹射出了雪坑。

幻觉再一次出现在跃飞的眼前：血泊里的大雁在他眼前旋转，竹雅的眼神由远及近地望着他，挡风玻璃上血肉模糊的演兰，还有抱着小熊哭泣的熊妈。当这些幻觉像炊烟一样随风消散后，跃飞开始想睡觉，他的双眼沉重如山，一点一丝地向下压迫，一串来自梦境深处的呼唤向他招手，仿佛睡着了便要进入一种妙不可言的生命状态。跃飞的双眼已经闭上一半，脸上惊恐的表情正在消失，收缩发紧的身体也开始缓缓松弛。这时，一阵突如其来的风迎面扫过跃飞的脸，他猛地浑身抖动起来：这是死神的召唤。“不能睡！我不能睡！”跃飞大吼，同时他把头和长长的脖子埋进了雪地，左右摩擦，冰冷刺痛的感觉像电流一样导向全身，游走在生死之间的那只手开始变得模糊起来。有那么一阵子，他感觉自己游走在睡梦和现实之间，眼前的白狼让他分不清这是真实的存在，还是梦境。每当这时，他不得不抽动一下自己的双脚，让疼痛唤醒自己还活着。

两个小时后，跃飞感到白狼的身体在移动，他回头看，白狼正挣扎着尝试转动它的脑袋，努力调整身体使自己面向猎物。由于没有力气，它的眼睛半睁着，脑袋抬不起来，只是极其缓慢地在雪地上蠕动，看上去就像一只已经生锈却不甘心停止的钟表。当它蠕动时，看不出来是身体哪个部位先动，仿佛它的身下有什么东西托着它向前。唯一能让跃飞辨别的就是，每蠕动一下，它的眼睛就无力地眨一下，每隔几秒，才能看到它嘴巴周围呼出的白气。一刻钟过去了，白狼终于面向跃飞了，两束目光迅速碰撞在一起。跃飞打了个寒颤，正在变得模糊的支离破碎的现实再次拼凑起来。这是他们俩第一次这样近距离面对面地望着对方，仅仅三十厘米的距离啊，此刻对于他们仿佛隔着千山万水。白狼仍在做着最后的努力，尽管身体的微小移动在视觉上很难被察觉，但仍然压在白狼腹下的双脚，让跃飞还是能够感到这种细微的变化。时间一点一点过去，他们之间的距离正在缩短，二十厘米，十厘米，五厘米，一厘米，跃飞的嘴巴几乎触到了白狼的鼻子！他开始紧张地颤抖起来，浑身的血液涌向脑袋，心脏跳到了嗓子眼！他眨都不敢眨眼，生怕眨眼的工夫，白狼的牙齿已经扎进他的脑袋。就这么死死地盯着白狼耷拉在雪地上紧闭着的嘴巴，偶尔能感觉到它气若游丝的鼻息。从来没有这么近距离地面对一只活着的野生动物，而且是一头决绝的狼，从来没有！空气凝固了，跃飞的心要蹦出来了，他感到自己的身体开始发烫，越来越烫，犹如野火一样灼烧着。他分不清这是肉体的真实反应，还是幻觉。白狼的嘴角两边微微地颤动着往上翘，它显然是在努力张开嘴巴，像是一个学着爬树的孩子挣扎着往上爬，又不时往下掉，然后再向上爬，无数次的反复，白狼终于浅浅地露出了两排牙齿，跃飞本能地向后缩，向着白狼发出尖锐刺耳的吼声。他的脖子弯曲得像 U 型的弓箭，嘴巴大张着。白狼没有一丝反应，微微打开的嘴巴定格在冰冷的空气中。一分钟后，缓缓地合上，直到完全闭上，然后它的眼皮像谢幕一样缓慢而体面地垂下，最后盖上了双眼。跃飞怔怔地盯着眼前战斗到了最后一刻的白狼，脸上丝毫没有兴奋和解脱的表情。他看了一眼不知什么时候从白狼腹下抽出来的双脚，又无力地抬头望向天边正在西落的太阳，跃飞挪动身体靠近白狼，把头伸向它柔软的喉咙和前胸，然后使出所有的力气啄起来，白狼白色柔软的颈部细毛沾满了跃飞的嘴巴，它的头随着跃飞的撕扯而左右晃动。终于，跃飞感到一股黏稠浓腥却无比新鲜的热流顺着他的喉咙往下流，每吮吸一下，便感到一股暖流涌入喉咙。他的头埋得更深了，没过多久，跃飞的眼前再次开始模糊起来，直到天空，太阳，雪地，还有身旁的白狼都融合在了一起。

“爸爸，爸爸，你别走！”等到竹雅冲进雨嘉的房间时，她吓了一跳，小家伙直立地坐着，两只眼睛紧闭，双手直直地向前伸着，十指弯曲手掌大张着，仿佛要抓住什么。竹雅赶紧上了床，把她的小脑袋紧紧地搂到怀里。

“爸爸，你别走！你别走！”雨嘉又发出刺耳的尖叫。

竹雅握着她的一双小手，把脸贴在自己的脸上，心疼而又轻柔地说：“宝贝儿，醒一醒，妈妈在这儿。”她就这么一遍又一遍温柔地说，直到雨嘉睁开了眼睛。

她抬头看着竹雅，眨了一下眼睛，泪水便顺着两边的脸颊往下流：“妈妈，我好怕！”说完，她一头扎进了竹雅的怀里。

竹雅腾出左手，强忍着泪水，轻轻地抚摸她的头发：“别怕，宝贝儿，妈妈在这儿，刚才只是一个噩梦，现在梦醒了。”

竹雅的话音未落，雨嘉从竹雅的怀里挣脱出来，抹了把眼泪，一本正经地说："妈妈，你听我说，我是做梦了，又梦见爸爸。我梦见他一直往下坠，往下坠，下面都是黑黑的，像是水，又好像是个无底洞。我死死地拉着他的手，不肯松开，但他太重了，越来越重。我累坏了，拉不住了，爸爸看了我一眼，他就说了一句话，雨嘉，爸爸会回来的！说完他就掉下去了。妈妈，你知道吗？爸爸的眼神和平时一点也不一样！只要我闭上眼，他的眼神就出现了。"

"妈妈知道了，宝贝儿。爸爸会回来的，他不会丢下我们的。"话没说完，竹雅再也忍不住，泪水夺眶而出。她赶紧把头转向右侧，还想说什么，但已经哽咽得说不出话来。

"妈妈，你信我！我有一种感觉，爸爸没有死！他还活着！"雨嘉一遍又一遍地说着。

跃飞感到被什么东西摇醒，他左右张望，看到自己身后站着一个没有身体悬在半空的透明脑袋。跃飞一点也不害怕，反而定睛看着这张古怪的脸，这张似人非人的脸充满了鱼类的特征：两只眼睛长在窄窄的额头两侧，只能看到两个鼻孔贴在高高隆起的嘴巴上面。跃飞站起来，跟在透明脑袋身后往前走，来到一处雪坡，透明脑袋像幽灵一样穿过雪坡就不见了。跃飞有点着急，紧跟着也穿过了雪坡，惊讶之余，前面的透明脑袋面朝下，试图穿过厚厚的冰层，跃飞也跟了上来，闭着眼睛做了同样的动作，居然也穿了过去！一睁眼，是海水，自己被海水包围了！跃飞本能地往上看，漆黑一片，什么也看不见。他马上紧张起来，拼命往上游。透明脑袋像幽灵一样出现在他面前，示意他不要紧张，并做出一个呼吸的动作。跃飞拼命摇头的同时，身体侧向右边，要绕过它，透明脑袋只是一晃，便挡在了他的面前，跃飞急得大喊，“让开！”喊过之后，惊讶地发现自己居然可以呼吸！他不敢相信，又试了一下。惊喜之余，透明脑袋已经在他前面十几米远了。跃飞只好追上去，向着黑暗无边的深海游去。

穿过百转千回的黑暗，跃飞看到远处一片金光闪耀。到了近处才看清原来是一座宫殿，到处都是像透明脑袋的身影川流不息。跃飞留意到地面上随处可见的矿泉水瓶和漂浮在水里的黑色、白色垃圾塑料袋。到了一处高高的阶梯旁，前面的透明脑袋向阶梯上方做了一个鞠躬的动作，然后向右侧闪开了。跃飞纳闷之际，一个蓝色身影从阶梯上向他游来。到了面前，示意跃飞跟着它上阶梯。每上一层台阶，他都感到双脚刺痛，他想游上去，翅膀却瘫软无力。这种感觉让他马上想起了无数次出现在梦里大槐树下的情景，想跑却动不了，一模一样的瘫软无力！花了好一阵子，跃飞才上了台阶，蓝精灵把他带到了一扇巨大的石门前，它在门前晃了一下，石门便发出浑厚的声音，徐徐向上打开。把跃飞引进石室后，蓝精灵闪身便不见了，身后的石门随之缓缓落下。跃飞一点也不害怕，心里反而充满了未知的兴奋。透过昏暗的光线，他四处张望，偌大的房间只有四面灰灰的墙显得空旷而冰冷。纳闷之余，跃飞感觉到前面靠右的半空中有一个金色的影子若隐若现，他上前两步，伸长了脖子定睛望去，没错，是一个椭圆形的金色球体。跃飞看不清这张“脸”的轮廓，仿佛是一个人脸的后面。他试探性地往前又迈了一步，正当他犹豫是不是索性走上前时，一个浑厚的声音回荡在石室里。

“你从遥远的墨西哥到这里来做什么？”

跃飞惊呆了，想回答却感到有食物卡在喉咙，等了几秒钟才说出话来：“你怎么知道我是从墨西哥来的？”

“回答我的问题。”这个声音不容置疑。

跃飞顿时感到空气里充斥着一种威严的气息，使他无可争辩："我到这里是找'邪恶先知'的。"

"你找到了吗？"

"还没有。"停顿了一下，跃飞好像想起了什么，接着说："你知道他在哪儿吗？"

金色球体没有回答。它开始缓慢地在空中旋转，同时，金色的光芒随着旋转不断变强。

当它的正面出现在跃飞面前时，他已经无法直视，强烈的光芒让他不得不把头转到一边，就像夏天正午挂在高空的太阳。

"我就是。"他说道。

跃飞先是愣了一下，然后狂喜起来，语无伦次地说："我就是来找你的，太好了！终于找到你了！这不会，不会是在做梦吧？"说完，跃飞用嘴巴使劲地敲击翅膀，发出的声音让他确信这不是梦。看到对方没说话，他想再往前走几步，看清"邪恶先知"的脸，但一刹那间脑海浮现出最近一直做过的梦，他抬起的右脚重新放回了原地，他害怕被毫无征兆地推开，害怕梦醒过来，害怕这一切都不是真的。跃飞的翅膀开始轻微抖动，很快浑身都颤抖起来，抖得越来越厉害，他感觉自己都快站不稳了。这种突如其来的大喜，突然让他产生了一种莫名其妙的恐惧，像是一个在人群里忽然走失了妈妈的孩子被汹涌的人群冲击着。

“见到了我并不意味着你可以回到你的家人身边。”“邪恶先知”停顿了一下，“恰恰相反，这仅仅只是你赎罪的开始。”

“邪恶先知”的话音还没落下，跃飞急切地说，“不论是什么挑战，我都接受！”说完这句话，他感到好像有什么东西从拥堵的胸腔里弹射了出来，穿过喉咙变成一束真实的光，照亮了回家的路。跃飞站在原地一动不动，紧张地望着“邪恶先知”。

“在你之前，有无数人为了实现愿望到这里，但只有你活下来了。是你纯净的信念救了你。现在，能够让你重新变回人类的唯一办法，就是赎罪。”“邪恶先知”说。

“怎样赎罪?”跃飞颤抖地问。

“回到你猎杀一百只大雁的地方，拯救一百只大雁。”

“怎么样拯救一百只大雁? 我是应该……”跃飞话还没说完，“邪恶先知”就消失了。

“‘邪恶先知’你别走，别走！我话还没说完！”

跃飞疯狂地用脑袋撞击着雪地，嘴里一遍遍地大喊，直到他醒过来。

已经是深夜了，醒来的他发现自己的脑袋压在白狼的脖子下，透过月光，白狼和他的身边是一滩冻硬的血与雪的交融。跃飞坐了起来，虽然双腿生生的痛，但他感觉身体又有了力气，这让他惊喜不已。跃飞望着天空，努力回忆刚才梦里发生的每个细节。无数次，他都觉得那不是梦，上台阶时双脚的疼痛还历历在目，耳边还回荡着石门打开时的声音，还有‘邪恶先知’转身时散发出刺眼的金色光芒。怎么解释这一切呢？但很快，跃飞意识到不能纠结这些问题，最重要的是刚才和“邪恶先知”的对话。他不敢怠慢，反复回想刚才和“邪恶先知”简短对话的每一个字，特别是自己醒来前，“邪恶先知”说的最后一句话：“回到你猎杀一百只大雁的地方，拯救一百只大雁。”跃飞着了魔一样，一遍遍地念着，像一个虔诚的信徒。

第十七章

拖着散了架般的身体，跃飞一点一点埋掉了白狼的尸体。他自己也不知道为什么要这么做，只是想把它埋好。在把最后一簇雪盖到它身上后，跃飞默默地站了一会儿。“你是一头了不起的狼！”他低沉地说。

已是午夜。弯得像一把触手可及的镰刀状的月亮挂在北极圈的上空，今夜的星星分外明亮，偶尔会有一两颗流星划过天际。跃飞盘旋在天空一圈又一圈久久不愿离去。在这里，他经历了最疼痛的死亡，在这里，他奇迹般地浴火重生。或许这一生永远也不会再回到这里，但他的记忆里将永远保存着一个角落……那里珍藏着北极圈的生与死，残酷与纯净，生命的生生不息和宇宙的浩瀚无边。这时天空开始呈现出一种深邃的幽蓝，让人痴迷和向往。跃飞知道天很快就会亮了，他看了一眼北斗七星，然后调转方向望向南方，“这是回家的方向！”他深情地喃喃自语。当话音未落，眼泪夺眶而出……曾几何时，他连想家的念头也不敢碰触，现在他可以告诉全世界：我要回家！是啊，多少次了，自从变成大雁后，在那个暴风雪的周六清晨里绝望地离开家后，他就再也不敢想家了。要不是为了赎罪，把演兰送到墨西哥，他早已失去了求生的欲望。这几个月来，每当妻子和两个孩子出现在他的脑海，就如同千万只蜱虫在吞噬着他的身体，让他痛不欲生。对于一个失去了希望的人，思念家人是一种慢性毒药，哪怕内心升腾起一缕回家的念头，都是把血淋淋的伤口撕裂得更大一点。现在，他终于可以肆无忌惮地想念她们了。热滚滚的泪水一次又一次没来得及流到脸颊上就被风吹到身后。在夜空里盘旋了最后一圈后，他深情地向下望了望白色的大地，像是就要离开眷念不舍的故乡，默默地在心里说，再见了，北极圈！

第九天的深夜，跃飞飞到了尼尔斯附近的城市……麦凡，从这里到尼尔斯北部森林大约还有一百五十千米，而从麦凡到自己的家也只有不到一百千米的距离，家不远了。想到这里，泪水又一次模糊了他的眼睛。今天飞行已经超过十个小时，他感到有些疲惫，琢磨着找一处地方休息，明天一大早，一口气飞到尼尔斯北部森林，然后开始自己的救赎之路。透过月光他看准了前方的一片树林，开始降低高度，就在他滑翔掠过层层树梢之际，忽然加速挥动翅膀，脖子上扬，冲上了天空，在空中盘旋起来。几分钟过后，他调转方向，向着家的方向飞去。是的，跃飞有了一个激动人心的新计划！

一个半小时后，跃飞开始降低飞行高度，家就在前面不远处。穿过熟悉的街道，飞到前院，跃飞看到车库侧面的灯亮着，照亮着铲过雪的红砖车道。他心里先是涌上一阵难过，转而平静了下来，以前只有在圣诞节和新年的时候，这盏灯才会彻夜亮着。如今，这盏灯仿佛是妻子内心深处不灭的希望之灯。想到这儿，他暗暗告诉自己：一定要活着回家！此时，已是凌晨两点，一切都那么静。跃飞不自觉地想起自己每次出差回来，差不多都是这个时间。每次出租车司机把他送到家门口，跃飞总是会给出租车司机一个小礼物。他也不知道自己为什么会这么做，或许他只是想要和别人分享自己每次回家的喜悦吧。绕着房子飞了一圈，每个房间的窗帘都拉上了，跃飞落到后院左侧栅栏边碎石子铺成的一条两米宽五米长的过道上，这里有一间小储物室紧挨着前院的栅栏，跃飞找了处积雪薄的地方，嘴和双脚并用向下刨。很快石子露了出来。跃飞用嘴衔起一颗，飞到后院草坪的中央，轻轻地把石子放到雪地上，然后再去衔第二颗。就这样，两个小时后，雪地上清晰地出现了两行字：我爱你们，我一定会回来！

在“我一定会回来”的后面，是用石子摆成的醒目的叹号。跃飞在上空盘旋了几分钟，绕着房子飞了最后一圈后，挥动翅膀径直向北飞去。

就在此时，竹雅披着外套从前门走出来，她走到车库前，四处望了望，神情恍惚地站在灯前。一阵风吹过来，她把外套裹得更紧了。“难道只是个梦？”她打了个寒颤，喃喃自语。她明明感觉到自己丈夫的气息就在这里，这种强烈的第六感把她从睡梦里叫醒，拉拽到室外。

这种第六感她一生只经历过三回：第一次就是多年前初次遇到跃飞，她有种似曾相识、在哪里见过的奇妙感觉。第二次是雨嘉出生……怀孕时，她就很肯定地告诉跃飞和自己的父母，这孩子一定是个女孩。第三次是儿子出生前的险情……要不是她发了疯一样坚持在除夕那晚去医院检查羊水，儿子就保不住了。她还清楚地记得当年躺在手术台上，开刀医生把儿子递给接生护士们时说的五个字：真是奇迹啊！

今晚是第四回。但眼前却什么也没有！心存一线侥幸的竹雅一直站在风里，等到天蒙蒙亮，才咳嗽着摇摇晃晃地进了家门。

第二天清晨，也就是星期六，当竹雅在厨房六神无主地做早饭时，无意透过厨房水池上方的窗户，看到后院正前方的雪地上摆着大而醒目的两行字！愣了几秒后，竹雅低下头用颤抖的双手捂住眼睛，然后抬起头又望向窗外。站在厨房里的她像一座雕塑，一动不动，很快她浑身上下抖了起来。忽然，穿着睡衣的她拉开通往后院的门，冲了出去。一会儿跑进来的竹雅，赤着脚红着脸冲向二楼的卧室，边跑边喊："爸爸还活着！爸爸还活着！"

当天下午，先是四五个警察来到了后院。临走时，警长摇着头，一边摸着额头一边不停地说："上帝！我的上帝！"下午三点左右，竹雅打过电话的媒体也先后到了，很快就把家里挤得水泄不通。无数的闪光灯闪个不停。第二天，尼尔斯的主流媒体的头版头条都被醒目的后院照片占据，全城沸腾了。

跃飞在天亮前回到了他以前打猎的那片森林。百感交集的他脑海里不由自主地像放电影一样，浮现出这些年打猎的情形，很久没有出现的那只躺在血泊里的大雁又重回眼前，但这一次，他没有刻意回避。是的，无论如何他会走完这条充满凶险的救赎之路，即使失败，他的心也能得到安宁。

看了看四周，跃飞找了一棵附近的大树。把树下的雪简单清理了一下，背靠着大树，双腿伸展开，半躺了下来。顿时跃飞感到身体像散了架的一堆骨头动弹不得，之前的长时间飞行和高度紧绷的神经，让他完全忘了自己已经连续飞行超过十五个小时。尽管又累又饿，但他一点也不想动，“好久都没有睡过一个好觉了，趁着天还没亮，先睡一会儿吧。”他这么想着睡着了。

一阵北风吹过，树梢上堆积的雪往下掉，一大块儿落在了跃飞的头上。他吓了一跳，从梦里惊醒。坐起来望了望天空，天色暗沉，起先他还以为天就要亮了，在找食物时，发现天色正在变黑。太阳正在落山，他足足睡了十多个小时。

四月上旬的尼尔斯已经开始融雪了，万物复苏，树干上冒出了新芽。跃飞知道这是一年中的最佳狩猎期之一。许多动物经历了漫长的冬天，开始出来觅食。大雁们也陆陆续续地从南方飞回来。休息了一周的跃飞，渐渐地恢复了体力，浮肿的双腿看上去恢复得不错。在森林里的头两天，跃飞摸清楚了周围方圆五十千米的地形。一个猎人也没有看见，让他有点着急。但很快，森林里出没的动物们让他暂时忘记了猎人和满脑子关于救赎的事。

松鼠们在早上出来觅食，穿梭在树干上像灵动的小精灵，树枝颤动，雪应声扑簌下落，白色细沙一样的雪在阳光的反射下，远远望过去像是森林里秋天起雾的清晨，或许唯一的不同就是空中闪着点点银光，预示着森林的再次复苏和久违的春天里隐藏的按捺不住的喜悦。随后四面八方传来阵阵枝干晃动的窸窣声，森林的肃穆和神秘就这样被一群早起的松鼠们打破了。

有一只体型不大的松鼠从跃飞对面的那棵高大松树浓密的叶间探出头来，它怔怔地盯着跃飞一动不动，灰白相间毛茸蓬松的大尾巴像一个张开的降落伞随着微风摆来摆去。过了一分钟，它左右张望了一下，回头奔向松树主干，一溜烟就到了地面。在雪地上，它明显警觉得多，整个身体缩成一团，几秒钟的观察后，它敏捷地跳跃着向跃飞的左前方奔去，每跳一步，雪在它身后扬起，很快就消失在稠密的树林里。还没等跃飞回过神，一只松鸡出现在他视野里。这是一只红眼松鸡，走得很慢，边走边低着头找食物，时不时把脑袋埋在雪地里像啄木鸟一样地啄来啄去，翻起雪地下的枯枝烂叶。没过多久，一片看上去有五平方米大小的空地出现在雪地里。跃飞不解地望着不远处的这只松鸡，就在他猜想接下来要干什么时，松鸡在枝叶上横向来回移动，它的尾巴一点一点慢慢打开，直到像一把完全展开的纸扇。它的脖子四周的棕色羽毛不知什么时候也张开了，像脖子上套了个泳圈，远远看上去很是威风。紧接着，它的翅膀扇动起来，越来越快，发出的声音像极了启动的汽车发动机，浑厚而有节奏。松鸡的表演让跃飞摸不着头脑，却看得痴醉。直到从跃飞的身后传来树枝断裂和厚重的脚步混杂在一起的声音，跃飞警觉地回头，原来是一只体型壮硕高大的驼鹿向他缓慢走来。看上去至少有两米高，一对 U 型向上高高耸起充满力量的鹿角，如一顶不可侵犯的王冠牢牢戴在头顶。每向前走一步，浑身健壮的肌肉都像波浪一样游动。驼鹿从跃飞身边经过时，停了下来，它低下头，在跃飞身上嗅了嗅，用长嘴巴拱了拱跃飞的脖子，然后径直向前走去。看着眼前这个不紧不慢的大家伙，跃飞想起了几年前遇到的那群驼鹿。

那是一个一无所获的漫长一天，在他收拾好所有东西准备离开时，一头驼鹿出现在视线里。隔着错落的树丛和半人高的野草，一对 U 型驼鹿角忽隐忽现，紧接着另一对出现在左侧，又是一对驼鹿角，很快多得数不过来。他兴奋得抓起身旁的尼康单反相机拍个不停。驼鹿群缓缓地散开四处觅食，从来没有见过这么多驼鹿聚集在一起，他着了魔一样丢下手里的相机，向着驼鹿群走去。不知是哪头驼鹿看见了他，很快驼鹿群开始骚动起来，鹿角如影般在树丛里游动，有一头驼鹿叫了起来。跃飞的脚步没有停，仿佛整个世界在这一刻都不存在一样，他越来越近，直到驼鹿群就在他面前不到二十米远的地方，深棕色的庞然大物们盯着他，一对对在阳光下发亮的古铜色驼鹿角里似乎隐藏着古老的神秘和对未知跃跃欲试的冒险。他呆立在原地，下意识地伸出右手想要问候它们。忽然之间，一阵浑厚的吼叫此起彼伏响彻在森林里，驼鹿们纷纷向后退，乱成一团，有几头驼鹿匆忙转身时撞到了一起，不到一分钟的时间，它们就消失得无影无踪了。跃飞孤零零站在草丛中，伸出的右手停留在风里。

如今自己阴差阳错变成一只大雁，反而实现了梦里才出现的那一幕，触摸驼鹿。“这真是讽刺！即便赤手空拳的人类在动物眼里，也是最可怕的怪兽。”缓过神的跃飞喃喃地说。这头边走边停的驼鹿正在远离他的视线，灵机一动的跃飞挥动翅膀向着驼鹿低飞过去，在驼鹿上空盘旋了几圈，然后轻轻地落在它的背脊上。驼鹿若无其事地继续向前走，跃飞兴奋极了！他站稳后，竟然试着在它高低不平的背上行走起来，一圈两圈三圈！在这一刻，他轻易地穿越了时空，回到了快乐的童年，来到了童年的村子里小溪边的那棵大槐树下。

不远处传来松鸡的尖叫，驼鹿警觉地忽然转身，差点把跃飞甩了下去。原来是一只早已埋伏在森林里的狼獾扑住了刚才那只跳舞的松鸡，被咬住脖子的松鸡很快停止了挣扎，蜷曲的身体缓缓地打开，像是睡着了一样。过了一会儿，狼獾把松鸡拖到旁边的树下，四处张望了一下，开始舔它的猎物足足有一分钟，然后撕扯起来。

第十八章

三天后，周六的上午，晴空万里，太阳斜挂东方，阳光穿过层层叠叠的树梢和伞叶一样的松树林，落到大地万物之上。一缕阳光斜落在跃飞的脑袋上，晃得他睁不开眼睛。那只每天从他面前经过的邻居——松鼠，已经是他的朋友了。它正从树上下来，连蹦带跳地到了跃飞的面前，把鼻子凑到他脚跟前嗅了嗅，跃飞低下头，轻轻地用嘴巴拱了拱它毛茸茸的肚子，松鼠绕着他转了两圈就跑开了。跃飞准备像往常一样巡逻方圆五十千米，这时头顶传来大雁此起彼伏的叫声。他听得出来，那是从南方归来的雁群喜悦的欢呼声——我们回来了！跃飞抬头仰望，三十几只排成一字形的雁群正高高地掠过头顶，紧接着又是更长的一字形飞过，很是壮观。跃飞顿时兴奋不已，展开翅膀要迎上天空。“呯呯！”两声枪响划破了宁静的森林，空中一字形里的一只大雁应声垂直掉下，它撞断树枝噼噼啪啪的声音未落，就结实地摔在跃飞面前五米远的雪地上，血像水珠一样溅向四面。跃飞怔了一下，迅速靠在身边的树后。再看天空时，雁群已四散，从后面飞过来的两拨雁群像刹车一样向两边散开，顿时头顶的天空变成了星罗密布的棋盘。又是一声枪响，却没有大雁掉下来。跃飞迅速判断出枪声是从东边传来，他的经验告诉自己，猎人就隐藏在对面不超过一千米的地方。他决定向着北边森林低空飞行几千米，绕到猎人身后，再想办法找到猎人的具体位置。在跃飞低空飞行的时候，又是两声枪响，他望向天空，没有大雁掉下来。跃飞知道这并不是一个有经验的猎人。

跃飞的计划很成功。他顺利地绕到了猎人的身后，很快发现了倚靠着一棵大松树端着枪正在瞄准的猎人，落到树梢上的跃飞注视着前面大约五十米远的这个家伙的一举一动。顺着猎人瞄准的方向，跃飞远远地看到在雪地里有一个缓缓移动的黑点。距离太远看不清楚，但他几乎可以肯定那是一只受到惊吓失散了的大雁。由于黑点不停地移动，猎人的肩膀随着轻微转动。过了五分钟，跃飞看到猎人的身体不再像之前那样纹丝不动，偶尔用右手挠一下头发。“他看上去烦躁起来，或许大雁能够逃过这一劫。”跃飞心里祈祷那只大雁不要停下来。偏偏就在这时，不知从哪里飞过来的一只大雁不偏不倚落在它的身边。雪地里四处游走的黑点靠近了它，两个黑点变成了一个，然后静止了下来。猎人的肩膀不再移动。跃飞来不及想更多，他箭一样冲向猎人的背影，翅膀重重地拍到了猎人的脑袋。猎人大叫一声“啊”，枪从手里滑落，整个人失去了重心跌倒在雪地上。听到警告的两只大雁几乎同时扇动翅膀，斜刺里飞进树林，冲出树梢带出一串雪，双双肩并肩飞远了。惊魂未定的猎人躺在雪地里，两只手颤抖着抱着脑袋。

这么些年，即便四年前的那个秋天猎到了那头大棕熊，跃飞也没有这么激动过。当天夜里，他飞到一片空旷的沼泽边，望着满天的星星。“我救了一只大雁，是我救了它！”他有生以来第一次体验到一种酣畅的英雄气概，自己的一个举动居然能够拯救一个生命！而这种体验是他作为一个人从出生到成年从未有过的。站在雪地上的跃飞，像那只松鸡一样不紧不慢地把浅浅的雪扫开，站在椭圆的空地上，他挺直了脖子，缓缓张开翅膀，一步一步优雅地迈着步子。他时而趾高气扬地踱步，像是在巡视他的领地，时而原地旋转，在这个狭小的舞台上享受着作为一只大雁的骄傲。忽然，他快速挥动翅膀，飞入星空，在宁静而浩瀚的夜空里自由翱翔。

在接下来的三周里，雪不见了，地面上露出了绿色的草和一层湿漉漉的枯叶。树枝上到处都是嫩绿的小芽，万物复苏，生机盎然的春天终于打破了久违的隆冬。每一天跃飞都能感受到森林里的细微变化——每一个太阳升起的清晨，一层白色薄雾无所事事地游荡在森林里，让森林看上去神秘莫测，仿佛随时会从任何方向跳出一头饥饿的暴龙。每一个艳阳高挂的午后，森林就变了脸，像慈爱母亲的怀抱，万物依偎在她温暖的怀里不愿醒来也不愿离去。而当傍晚黄昏来到时，阳光流连在树梢上呈现出的迷人金色，又让跃飞陶醉不已。

这几周里，跃飞几乎用同样的方法救了十九只大雁。每救一只大雁，他就会衔一小根树枝，放到一棵大松树的树洞里。到了晚上，他就到那个沼泽边，独自庆祝，独自起舞，独自翱翔。久而久之，他沉迷在这种仪式的自我欢娱中。有时，在那千钧一发掠过猎人头顶之际，他的头脑里也会一闪而过夜里的沼泽和星空。事后，当冷静下来，他警告自己，这样的分心很可能给自己带来生命危险，可无论怎么告诫自己，他就是无法阻止那如圣灵召唤般的念头。怎么能责怪他呢？如今他体会到了一种真真切切存在的价值，只要保持冷静的头脑和果敢又恰到好处的行动，他就能从死神的眼皮底下，从猎人的瞄准镜中，拯救一个又一个活生生的同伴！这种疯狂的冒险，在猎人的惊慌失措和大雁一飞冲天的反衬下显得淋漓尽致。而这也和他自从变成大雁以来长久的无能为力和绝望形成了鲜明的反差。

在救了第七十五只大雁后，跃飞的自信达到了巅峰——每天晚上临睡前，在完成了和家人的“聊天”之后，那生与死大逃亡的瞬间刺激，散发着迷人的香气把他带入梦乡。赎罪的谦卑早已被一种疯狂如野草般蔓延的英雄气概淹没，每天早上醒来，他感觉自己的身体在膨胀，确信自己拥有超人一样的体魄和能力。这不，他又要像救世主一样去拯救那些脆弱而无助的生命了。

跃飞并不知道，他的故事已经在猎人们中间传开了。猎人们在酒吧纷纷议论那只胆大包天的大雁。有人称赞它的不可思议，大致说的都是从来没见过这么勇敢的动物之类的话。要么就是说，这只大雁简直是疯了；当然也有不少人愤愤地嚷嚷着，要是让我抓住它，我倒要看看它的肉是不是比别的大雁鲜嫩得多。有两个坐在昏暗角落的猎人喝着啤酒却一言不发。在吧台结账的时候，一头花白头发精瘦的高个子对另外那个戴棕褐色牛仔帽留着一字胡的胖子说："明天凌晨四点出发怎么样，拉莫斯？""听你的，伙计！"然后他们离开了酒吧。

周六清晨不到六点钟，两个猎人到了森林。他们把老旧的福特野马停到了一棵大树下，高个子从车后排取出一个带着木头把手的方形竹条笼子，笼子里是两只死掉的大雁依偎在一起，然后两个人背着各自的猎枪徒步从东向西走去。从酒吧收集到的信息显然是有价值的，自从夏天到了，每天早上这个时间段正是跃飞巡视森林的时候。两个猎人徒步的路线显然是他们精心计划过的：胖子走在前面，除了左肩上挂着的猎枪，他右手里握着一把大约五十厘米长砍树的刀，时而砍掉挡路的树杈。手起刀落时，偶尔穿过茂密枝叶的阳光落在明晃晃的刀面上，反射出刺眼而阴寒的白光。他们走的是一条自己开辟的新路，所以前进的速度并不快，看上去他们也并不着急。拉莫斯开路时，高个子和他保持五米远的样子，时不时地仰头望向天空。是的，他在寻找跃飞的身影。

自从进入夏天以来，越来越多的猎人到森林里打猎，跃飞已经不再像之前那样高空巡视了，相反，他采取了一种新的策略：让自己保持在树梢之上五米左右的高度飞行。他通常会选择在树林稠密区域的上空飞行，这样可以最大限度地隐藏自己，避开森林里猎人们的枪口。不仅如此，他还会随时改变飞行路线，每天的巡视路线也没有规律，无章可循。另外，跃飞给自己定了一个规矩，那就是绝对不可以在晴空万里时高空飞行。除非遇到多云天气，他也会尽可能地穿过云层，这样的好处是可以观察到更大的面积，同时也有效地保护自己。跃飞根本不知道，这样的做法让他捡回了好几次命。有两次，枪声与他擦肩而过。至于那些对他充满好奇心的猎人们有多少次瞄准他，就数不过来了。

今天，他和以往一样，保持低空飞行。一个多小时后，在他返回的途中，高个子看到了从树梢一掠而过的跃飞，他用手拭去额头渗出的汗珠，然后摸了摸右肩上的韦瑟比猎枪，脸上露出一丝诡异而十拿九稳的笑容。

五个小时过去了，两个猎人来到了他们规划的地点。拉莫斯累得一屁股坐到一棵树下，背靠大树，两腿一摊，大口地喝起水来。高个子不急不忙从口袋里掏出一份手绘地图认真看起来。

“嘿，我说，斯科尔斯，那该死的家伙应该就在附近吧?”拉莫斯边擦汗边烦躁地说。

“我不确定。但有一点可以肯定，这是附近十千米内最好的隐藏点。”边说，他边用手指向拉莫斯的前面。“瞧你的前方，拉莫斯。咱们可以充分利用这片野草肥沃的开阔地吸引雁群。你瞧，两百米的前面，那片密林像堵墙一样，就算是白头鹰冲进去也很难马上飞出去。你就待在这棵树旁瞄准，我会藏在你身后两百米远的地方。记住！任何时候都不要回头，直到我击中了它。”

“活见鬼！要是你一不留神，我的脑袋会被爆开花！为什么不在它准备袭击我之前，给它来上一枪?把它的脑袋打个稀巴烂。”

“你难道不相信我吗?拉莫斯。”

“当然不是！这么多年了，我什么时候怀疑过你?你他妈就是一个十足冷血的老家伙。我还没见你失手过，但愿这一次也不会。”拉莫斯站了起来眉毛往上一挑。

斯科尔斯笑了笑没有说话。

走上前的拉莫斯探着脑袋看斯科尔斯手里的手绘图：“我有一个小请求，斯科尔斯。”

没等拉莫斯话音落地，斯科尔斯看着地图头也不抬地说：“放心，我会把瞄准镜向上提高一厘米的。”

“你他妈比我老婆还了解我！”拉莫斯笑着拍拍斯科尔斯的肩膀走开了。

尼尔斯夏天的天气像孩子的脸一样多变，下午一点的时候，晴朗的天空忽然乌云翻滚，下起了雨，雨势越来越大。两个人穿上雨衣躲到树下，拉莫斯没好气地说：“你怎么没查天气预报，伙计？早知道这样，我今天就不来了。”

“我知道今天下午有雨。”斯科尔斯看也不看拉莫斯一眼，他的目光始终盯着前面的草地。

“该死！那你为什么不告诉我？”拉莫斯拉长了脸，用手拂去帽檐上的雨水。

“要是告诉你，你还会来吗？”

“你老糊涂了吗？咱们可以明天，或者下周找一个好天气来啊！”拉莫斯愤愤地说。

“咱们可不能让别人捷足先登！听着伙计，闭上你的臭嘴！”斯科尔斯转过头盯着拉莫斯的眼睛。拉莫斯马上低下了头。他接着说:“把这两只大雁放到草地中间。这是支架，拿着！把它固定在两只大雁身后，让它俩看上去是自然站着的。”

“那它们的脖子怎么支撑?”

斯科尔斯没有说话，他低头看了一眼地上的笼子，蹲了下来，打开笼子，取出了两只大雁，然后把它们整齐地摆到草坪上。两只大雁长长的脖子的一侧被细密而不易察觉的黑色铁丝固定着，笔直得像一根电线杆。

“真有你的，伙计！就一晚上的时间你就都搞定啦?”看着斯科尔斯没有搭理他，拉莫斯知趣地拎着两只大雁和草绿色的支架走向那片空地。

拉莫斯走了几步，斯科尔斯站在原地喊了一声，“拉莫斯!”

“怎么啦?”拉莫斯停下来，转过身看着斯科尔斯。

斯科尔斯双眼露出猎鹰一样锐利的目光，停顿了两秒掷地有声地说:“今天会是了不起的一天!”说完，斯科尔斯拎着枪转身走向他的藏身处。

第十九章

下午四点多的时候，雨停了。厚重的云层由灰暗色渐渐淡向四边，半小时后，太阳出来了，天空很快又恢复了上午的蓝色，一片云都没有。雨后的天空呈现出一种难以置信的纯粹的蓝，被这场突如其来的暴雨冲洗得彻底而一尘不染。森林里弥漫着蘑菇的清香夹杂着泥土和树木的混合气息，零星鸟叫的声音渐渐地从四面八方回荡起来，一排又一排人字形的大雁掠过蓝天，其中的一排十几只大雁向着斯科尔斯的方向飞来。他赶紧用对讲机告诉拉莫斯，拉莫斯抬头看了一眼天空，一侧身躲到大树后面。带头的大雁先落到了草丛中，身后的大雁逐一落到了它的周围，带头的大雁从中间走了出来，警觉地四处张望。其他的大雁低着头吃草，拉莫斯端起了枪，瞄准了面向他的带头雁，然后他把枪口抬高了三厘米。只听见“呯”的一声枪响，受惊的大雁们在草丛里挤成一团，跌跌撞撞扇动着翅膀，一个个斜刺里先后冲向天空，带头雁是最后一个飞走的。隔了大约五秒又是一声枪响，然后拉莫斯头也不回，腾出左手，在半空做了个大拇指向上的动作。然后，他把枪口向右侧调整，瞄准了那两只先前被他固定好的大雁。

斯科尔斯隐藏在拉莫斯身后两百米远的地方：在一处低洼的野草丛里，他整个身体舒展地趴在斜坡上，高处摆放着早已架设好的韦瑟比猎枪。他用细树枝给自己编了一个帽子，从头到脚都盖满了树枝，密密麻麻的树叶上面又是一层厚厚的草。他身旁两边的野草，被拉莫斯之前故意压向他，这样看上去，即便是有人从他身边经过，也什么都看不见。斯科尔斯望了望被茂密树叶遮盖了大半的天空，再次确认瞄准镜，拉莫斯的大脑袋不偏不倚地出现在瞄准镜头里黑色十字坐标的中心。斯科尔斯的右眼一边盯着十字坐标，一边用右手缓慢向左转动着瞄准镜上方的黑色圆形螺旋盘，十字坐标在一点一点地向上移动，中心点最后定格在拉莫斯后脑勺头顶上方五厘米处。就在这时，斯科尔斯从他身前右侧插立着的后视镜里看到一个黑点在树梢上方时隐时现，向着他的方向逼近。斯科尔斯心里暗喜："这真他妈是一个完美的狩猎点！"

的确是这样，其他的地方要么不够隐蔽，要么是枝叶太过稠密，没法观察身后的动向。他们俩花了五个多小时开辟的这条新路显然是值得的。

斯科尔斯一生打猎无数。年轻的时候，他追求刺激，喜欢打野猪、狼和灰熊这样的凶猛野兽。为此，他有一次因为狩猎一头成年棕熊差点付出了生命的代价，要不是拉莫斯在身后补上的那两枪，他会被那个暴怒的家伙撕个粉碎。可斯科尔斯也在那次搏斗中付出了沉重的代价，棕熊咬掉了他左手除大拇指外的其余四个指头。在那之后足足的五年里，他再也没有打猎。无数个惊醒的深夜都是那头棕熊和血淋淋的场面。为了走出那个噩梦，有一天凌晨两点，他独自上路，再次来到那片森林。当太阳升起的时候，他已经坐在了一头死去的棕熊身边。斯科尔斯像欣赏一幅画一样久久地望着它，最后，他缓慢伸出颤抖的左手，用大拇指和掌心轻柔地抚摸着棕熊光滑而柔软的头部。阳光斜照在斯科尔斯和棕熊的身上，成了他人生记忆里最温暖的一瞬间。在那之后，他和自己和解了，也和梦里的那头棕熊和解了。再后来，他的身影出现在亚马逊原始森林、坦桑尼亚大草原、加拿大班芙国家公园、尼泊尔皇家奇特旺国家公园、北极，还有很多已经叫不上来名字的地方。而昨晚在酒吧里无意听到的，却是这些年来最不可思议的打猎故事……斯科尔斯就是这样一个人，只有亲眼目睹，他才会相信那是真的，否则，他一律称之为“故事”。不管怎样，斯科尔斯还是兴奋得一夜没睡，这样的兴奋已经很多年没有过了，于是连夜把所有必须的物品都准备好了。在上床打盹儿之前，他取出钱包里的那张旧照片怔怔地看了一阵儿……那是多年前的清晨，自己和棕熊在阳光下的照片。

跃飞掠过层层树梢，以S型向前飞行。先是看到前方树下有一个背对着他正在举枪的猎人，跃飞加快了速度，落到了拉莫斯身后一百米远的一棵大松树的枝干上。这时，他才看清猎人前方大约两百米处的草丛里有两个小黑点，在随风摆动的野草丛里时隐时现。猎人已经开始校准瞄准器，跃飞知道自己还有一点时间，于是快速左右张望，他忽然一百八十度转过身确认身后的情况，然后又转了回去。那一瞬间，斯科尔斯放在扳机上的右手食指微微颤动了一下，他感到震惊！心里暗想，自己打猎一生，遇到无数动物，却从来没有见过任何一只动物像眼前的这只大雁一样狡猾。但同时，一种近在眼前的征服感油然而生。斯科尔斯犹豫了一下，伸出右手，把刚才设置好的螺旋盘向右轻轻调整，拉莫斯的后脑勺出现在瞄准器的黑色十字坐标的中心。斯科尔斯知道，对于这样的猎物，他只会有一次机会。拉莫斯已经校准，稳稳地端着猎枪。跃飞长出一口气，箭一样冲了出去，就在他双脚马上撞上拉莫斯的脑袋时，拉莫斯缩了一下脖子，跃飞猝不及防地降低高度，双脚撞到他后脑勺上。“呯”！猎枪同时响起。高速飞行的跃飞感到一阵刺痛，子弹从他身体后面偏上部位穿过，从脖子上方飞了出去。在子弹巨大惯性的冲击下，他设法保持平衡却无济于事，高速向下重重地摔到前面的野草丛里。斯科尔斯用力地把左手砸到草地上，然后大喊：“拉莫斯，你他妈愣什么，快过去抓住它！”跃飞听得真切，而前方一百多米处的两只大雁纹丝不动还在那里，他迅速意识到这是一场精心设计好了的骗局！不禁出了一身冷汗，来不及多想，他回头看了一眼正在追上来的那个家伙，却不见另外一个。顾不上疼痛，他用力扇动翅膀，发现自己还能飞，跃飞很快冷静下来，站在原地不动，回头盯着跑上来的胖子。眼看拉莫斯冲到了面前，跃飞奋力挥动翅膀，双脚贴着草地滑行一样向前冲去。扑了空的拉莫斯，喘着粗气马上又追了上来，跃飞重复着刚才的动作。斯科尔斯的瞄准镜里始终被肥胖的拉莫斯阻挡着，眼看着自己的猎物离密林越来越近，斯科尔斯气急败坏地吼道："趴下！你这个笨蛋！不要挡住我的视线！"笨拙的拉莫斯被跃飞戏弄了两回后，失去了理智，边跑边骂，看着跃飞又一次近在咫尺，他猛地出其不意地纵身一跃扑了上去。跃飞早有准备，就在拉莫斯几乎要抓到他的尾巴时，他恰到好处地向前连跑带飞，冲出去二十多米，跃飞故意跌跌撞撞像是挣扎着用尽了最后的力气，他在等着摔在草地里的大块头站起来，再次冲向他。这样就可以在他的身躯掩护下冲进近在眼前的密林了。

"别上当！你这头猪！趴在原地不要动！"斯科尔斯失去理智地嘶吼着。

可这一切已经太晚了。拉莫斯站了起来，右手高举着几根羽毛边追边喊："我刚才抓住它了！抓住它了！"

就在拉莫斯无限接近自己时，跃飞贴着草地飞进了密林。

"该死！又让它跑了！"拉莫斯丧气地趴在草丛里捶胸顿足。

远在几百米外的斯科尔斯望着瞄准镜里拉莫斯肥大的身体，缓缓地低下了头。草地上留下了斑斑点点的血迹，一直延伸到密林。

第二十章

当天晚上，跃飞没有回到他的巢穴。他没有力气飞那么远，有一阵子，他飞着飞着感到眼前一黑，身体沉重地直往下坠。他知道自己失血过多，需要找个地方休息一段时间。这一次，他没有选择森林，而是不远处的一座山。在半山腰的一处悬崖边上，他找到了一处山坳，大约可以容下一个孩子的空间。

接下来的四天里，跃飞昏昏沉沉，不吃不喝。在这几天，他的幻觉把自己又带回了童年的大槐树下；自己回到了妻子身边；躺在了特奥蒂瓦坎湖边的蓝花楹树下；站在北极圈浩瀚的星空下。冥冥中，他感觉自己的使命完成了，眼皮一点一点地缓慢合上。就在他感到浑身没有疼痛，身体越来越轻，轻得像一根羽毛慢慢随风晃动随时都会飞起来时，一个浑厚熟悉的声音一字一句地回荡在耳边：“你的使命还没有完成。”跃飞不情愿地睁开双眼，四处望了望，什么也没有。他再次闭上了眼睛，那个声音又在耳边响起。跃飞坐了起来，望向山下翠绿的森林。初升起的太阳此时正从东面的地平线上露出来，像一颗圆圆的金蛋。一只乌鸦从他眼前飞过，嘎嘎嘎地叫着飞远了。追随着洒在树梢的阳光，跃飞把目光长久地投向了南面。“是的，那是家的方向。”跃飞默念道，当他这么说的时候，他看见遥远南方天边的一朵云像极了女儿雨嘉稚气的笑脸，仿佛在对他说：“爸爸，我们都在等你回家！”忽然，他感到饥饿难耐，嗓子眼冒烟，于是振翅一跃，飞向茂密的森林深处。

斯科尔斯没有离开尼尔斯，而是临时改变了去育空河的计划。拉莫斯问他为什么，斯科尔斯只是淡淡地说，事情还没有做完。拉莫斯追问，斯科尔斯只是瞪了他一眼，拉莫斯便知趣地走开了。

经过多方打听，斯科尔斯得知前段时间发生在尼尔斯的一件轰动全市的离奇新闻。他于是第二次回到那家酒吧，和店主聊了好一阵子。他甚至联络了几家报社的记者们，约他们出来喝咖啡。经过这些调查，斯科尔斯的判断和直觉告诉自己：他失手的那只大雁就是失踪的跃飞！虽然他自己有时都觉得这个设想太疯狂不现实，可偏偏这点点滴滴的线索不由分说汇成涓涓细流，越聚越宽，越宽便越清晰。

一天傍晚，他按响了跃飞家的门铃，竹雅出来问他找谁，斯科尔斯说他是跃飞以前一起打猎的朋友，竹雅一听，眼泪忍不住就扑簌簌地掉下来。她把斯科尔斯让进家。两个人坐在沙发上聊起来。斯科尔斯说自己以前经常一起和跃飞打猎，最近一年去了坦桑尼亚，刚回来没几天就听朋友说起跃飞神秘失踪的消息，这不，到家里看看有什么能帮忙的。竹雅的眼睛又红了，她忍住泪水说，谢谢他来看望自己和孩子们。斯科尔斯也安慰她，失踪并不是最糟糕的结果，还是有希望的，不要太难过之类的话，随后他话锋一转进一步问竹雅，介不介意和他聊聊关于跃飞平时的作息起居、生活习惯和业余爱好，等等，并解释说，这会对接下来和朋友们一起搜救有帮助。竹雅一听对方这么热心，又有多年的打猎经验，心想多一个人就多了一点希望，她于是把跃飞以前打猎收集的标本笔记本取出来，还把斯科尔斯带到了跃飞的书房。两个多小时后，斯科尔斯面带微笑离开了。

一周后，跃飞完全恢复了。他离开了这片熟悉的森林，向东飞去，在大约两百千米外，是人烟稀少的大片原始森林和三面环绕着森林的清澈的艾顿湖。他曾经在那儿打猎过几回，因为景色优美，他还记得带着家人到那里露营过一次。两个孩子躺在房车里的上下铺小床上兴奋得睡不着。夜里，房车时而摇晃起来，竹雅吓得坐起来，摇醒身旁的自己，跃飞迷迷糊糊地说，是路过的棕熊。那一夜竹雅没有合眼，发誓以后再也不去森林露营了。这些都是事后竹雅告诉他的，还时常把这件事拿出来讲给朋友们听。想到这儿，跃飞不由得笑了起来。他找了一处离艾顿湖不远的地方坐下来，看着湖里悠闲自得的大雁们嬉戏追逐，他感到内心平静得像眼前的这面湖水。

望着湖面出神的跃飞，脑海里一个奇怪的念头一闪而过：只要能再见上家人一面，就算死在猎人的枪口下，也了无遗憾了。这个念头刚闪过，他就骂自己混蛋，怎么能这样想呢，这是多么自私的念头啊！妻子和孩子正在等着自己回家，而自己也历经了千难万险，九死一生才走到今天，眼看就快回家了，却怎么一下子就变得无所欲求了呢？

跃飞痛苦地把头埋到胸前。

“命运有时会和你开一个天大的玩笑。当初你变成大雁时，那种绝望和万念俱灰如今还历历在目。后来靠着回家那一点希望之火支撑着，一路到了北极圈，走出鬼门关，回到尼尔斯。在拯救了七十五只大雁后，在回家的最后一段路上，自己却没有欲求了?”跃飞抬起头，看了看天空，把目光又投向湖面的雁群。“一路走来，经历了这么多后，自己开始不知不觉享受作为一只大雁而活着的状态。如今，赎罪的念头烟消云散了，而保护这些大雁才是我的责任。”

一个月后，跃飞营救了第九十九只大雁。在这期间每救完一只大雁，他只是安静地来到树下，远远地望着艾顿湖面上的大雁和野鸭们。而今天理当是激动人心的一刻，他的救赎之路还有一步，仅仅一步就到终点了，可奇怪的是，他内心平静得却像眼前艾顿湖的湖面。整个夜里，他躺在草地上望着横跨天际的银河带，微风吹动树叶的窸窣声让他想起那首《童年》，不知什么时候跃飞哼了起来：“池塘边的榕树上，知了在声声叫着夏天，操场边的秋千上，只有蝴蝶停在上面……”唱着唱着，跃飞满脸都是泪水，他分明看到童年的自己在清澈的夜空里嬉戏追逐，那些早已在生命里模糊的童年玩伴儿的模样，在每一次期待的眨眼后便在夜空里画上了一笔，顷刻间他们都活灵活现起来，那一对对纯净无染的明亮眼睛像极了镶嵌在天空里的星星，一眨一眨的。一刻钟的工夫，画面转到了少年，他已经长成一个倔强而羞怯的追风少年，经历着每一个孩子要走的心路历程，从那个时候起，他固执地相信自己的人生就是从那里起飞了，一路快乐，一路跌跌撞撞走进了青年。哦，人生就这样走过了一半？而那些从童年到少年怀揣的梦想都到哪儿去了？难道人的成长就应该是一路变老一路丢弃的平庸旅行吗？看那双清澈见底的眼睛，快看！怎么一眨眼的工夫他就黯淡了呢？而这天上的星星，它们不言不语却始终如一的干净，光彩照人。如果，如果夜空只剩下夜空而没有了星星会怎样？想到这儿跃飞不禁悲伤起来，“这或许就是人类的悲哀吧。人类自认为站在万物之巅俯视众生，但人类却没有翅膀。人类从纯洁的孩童走出来，却失去了满天的繁星。这到底是人类的胜利还是失败？”这时，银河带里有一颗流星划向东方坠入天边。已是黎明。

四天后的一个早晨，忽然狂风大作，瞬间失去宁静的森林变成了另外一副模样，狰狞而恐怖：天边的白云翻滚着瞬间变了颜色，它们从四面八方涌向中心，很快就遮盖了太阳。没有了阳光，天空变成了阴森的灰黑色。当整个天空被黑云遮盖得严严实实，一道 N 型的白色闪电从厚厚的云层中挣脱出来，划破昏暗的天空，几乎是同时，一声刺耳而响亮的炸雷响彻大地。受惊的大雁和野鸭们纷纷在湖里拍打着翅膀飞起来，跃飞被突如其来的炸雷吓了一跳，他赶紧飞到地势较高靠近湖边的开阔地。又是一道划破云层的闪电，紧接着又是一个更大的撑开天地的闪电照亮着黑云翻滚的天空。闪电和响雷很快此起彼伏地交错在一起，雨在闪电的照射下，仿佛是从天空撕裂的口子倾泻下来。跃飞打了个寒颤，这样的时刻还是第一次亲身经历。望着四处逃飞的大雁，他的担心还是出现了：一只刚从湖里飞起来的大雁被一道闪电击中，直直地坠到湖里。跃飞来不及多想，借着白光箭一样地冲向湖面，一头栽进水里。很快他找到了头朝下正在下沉的大雁，跃飞张开翅膀迎了上去，奋力把它拖出水面，它长长的脖子耷拉在跃飞宽大的翅膀上，大半个身体浮在水里。跃飞利用水的浮力，几乎是扛着它游向岸边。上了岸，跃飞连拉带推尽量使它远离湖水。做完这一切，他累得瘫倒在草地上大口大口地喘着粗气。当撕裂天空的闪电照亮周围的一刹那，跃飞看到这只大雁胸口在颤动："太好了！它还活着！！"他惊喜地喊道。

快中午时，闪电忽然停了，风势也小了很多，雨却丝毫没有减弱的迹象。很多大雁和野鸭又飞到了艾顿湖面上。被闪电击中的大雁这时也醒过来了，它看了看身边望着自己的跃飞，僵硬而缓慢地挺直了脖子，这足足花了一分钟的时间。它的双脚也颤颤巍巍地抖动伸展起来，过了一会儿整个身体都动了起来。它翻了个身站起来，走到跃飞的面前，探出长脖子，亲昵地把头搭在跃飞的脖子上蹭来蹭去。就在跃飞放松的时候，他的余光看到前面大约三百米的树林里走出来两个庞然大物，定睛一看，是一大一小两头棕熊。小熊在后面边走边顽皮地抱母熊的后腿，母熊时而回头轻轻把小熊顶翻在草地，时而伸出它的大舌头亲昵地舔小熊。呼！一声尖锐刺耳的猎枪声响起，几乎同一时间，一道闪电照亮了森林，跃飞本能地望向棕熊的对面，一个隐藏在草丛里的猎人的半个脑袋在闪电的白光下清晰地展现出来。紧接着，一声棕熊惊恐而暴怒的嘶吼响彻了艾顿湖的上空，跃飞感到地面在颤抖！令人震惊的一幕出现了：母熊并没有本能地冲向猎人，而是站立起来，两条后腿张开，两只前腿在空中挥舞。很显然，它这是在保护身后的幼崽不被暴露，但这么做使它完全暴露在猎人的枪口下。躲在母熊身后的小熊被眼前突然发生的一切吓坏了，它缩成一团，躲在母熊的身后瑟瑟发抖。这时，又是一道闪电划过天空，母熊巨大的身躯在通亮的天空下犹如一座雄伟的雕塑屹立在那里。“呯”！又是一枪，母熊应声倒地，身后的小熊顿时像失去了屏障一样暴露在母熊身后，它围着母熊打转，发出一种不知所措的低沉哀嚎。看到此情此景的跃飞顿时感到浑身血管贲张，一股热流排山倒海般涌向他的脑袋，他振翅飞向猎人，这一刻，跃飞忘记了一切，他满腔燃烧的熊熊烈火似乎要在分秒之间就融化掉这罪恶的猎人！他要在下一秒撕碎这杆冷血的长筒猎枪！“下地狱去吧！”跃飞怒吼着冲向猎人的枪口。“呯”！第三声猎枪声回荡在森林里。同一时间，跃飞的整个身体已经撞到猎枪的枪托上，一股巨大的冲击波把他和猎枪同时向后抛出五米远的地方，重重地摔在一棵大槐树下。猎人身体向左一斜，猝不及防摔倒在草丛里。幼崽小熊还在母熊身边打转，想要搞清楚妈妈为什么躺在草地上一动不动。猎人爬了起来僵直地站在原地，惊恐地四下张望，被震得虎口流血的双手颤抖地停在胸前，他的脑袋里乱成一团，本能地转头望向右边的森林，黑漆漆的一片，什么也看不见。就在猎人张望的右侧两百米远的树丛里，匍匐在草丛里的斯科尔斯脸上闪现出一丝微笑，他从容收起了猎枪，向身后的森林走去。

森林很快恢复了之前的平静。雨已经停了，偶尔有闪电划过天边，雷声也不再那么刺耳。

第二天早上，跃飞醒了过来。一缕阳光穿过树梢落在他的脸上，刺得他睁不开眼。他下意识地用翅膀遮挡阳光。一阵疼痛几乎让他叫出声来，他低头一看：一只沾满鲜血的手挡在眼前！他的脑袋轰地一声像被闪电击中，眼前黑作一团。整整一分钟过去了，他没有睁眼，没有人知道他到底在那一分钟里想了些什么。总之，他还是睁开了双眼：真真切切的两只血手在他面前！这双手开始在他眼前颤抖起来，抖得跃飞不得不把它们压在胸前，但还是无济于事。跃飞第二次闭上眼睛，不过这一次他显然有些迫不及待，没有数到“十”就睁开了，他依然看到的是一双颤抖的血手。跃飞把抖动的双手举到面前，先是缓慢地翻转左手，把手掌和手背仔仔细细看了一遍，然后是右手，他的神情仿佛就像一个刚来到这个世界上的婴儿，眼里没有惊喜也看不见恐惧，整整两分钟，他的眼睛一眨也不眨。忽然，他猛地咬了一口右手，沾满鲜血的牙齿和指骨之间发出咯噔一声闷响，两行滚烫晶莹的泪水随即顺着面颊两侧往下滚落，瞬间泪水染成了浑浊的深红色。在站起来之前，他看了看自己满身是血赤裸的身体和血泊里的双脚，然后双手扶着大槐树慢慢地站了起来，跃飞无限深情地抬头仰望深蓝的天空，仿佛第一次看到一样，他的嘴巴微微地颤动着想说什么，脸上终于露出天使般的微笑，慢慢地向南走去。

图书在版编目（CIP）数据

变身奇旅 / 秋生著. -- 北京：
民族出版社，2022.9
ISBN 978-7-105-16769-2

Ⅰ. ①变… Ⅱ. ①秋… Ⅲ. ①长篇小说－中国－当代
Ⅳ. ①I247.5

中国版本图书馆 CIP 数据核字（2022）第 174457 号

变身奇旅

责任编辑：宝贵敏
责任校对：许英姬
书籍设计：吾　要
出版发行：民族出版社
地　　址：北京市东城区和平里北街 14 号
邮　　编：100013
电　　话：010-64228001（汉文编辑二室）
　　　　　010-64224782（发行部）
网　　址：http://www.mzpub.com
印　　刷：北京盛通印刷股份有限公司
经　　销：各地新华书店
版　　次：2022 年 10 月第 1 版　2022 年 10 月北京第 1 次印刷
开　　本：787 毫米 ×1092 毫米　1/32
字　　数：200 千字
印　　张：7.5
定　　价：50.00 元
书　　号：ISBN 978-7-105-16769-2/I·3172（汉 2916）